ランチ酒

今日もまんぷく

原田ひ香

祥伝社文庫

ランチ酒　今日もまんぷく　目次

第一酒　蒲田　餃子《ギョーザ》……7

第二酒　西麻布　フレンチ……27

第三酒　新大久保　サムギョプサル……45

第四酒　稲荷町　ビリヤニ……67
第五酒　新宿御苑前　タイ料理……91
第六酒　五反田　朝食ビュッフェ……111
第七酒　五反田　ハンバーグ……129
第八酒　池尻大橋　よだれ鶏《どり》……149

第九酒　銀座一丁目　広島風お好み焼き……167
第十酒　高円寺　天ぷら……189
第十一酒　秩父　蕎麦《そば》　わらじカツ……209
第十二酒　荻窪　ザンギ……227
第十三酒　広島　ビール……245

第十四酒　六本木　イタリアン……277
第十五酒　新橋　鰤《ぶり》しらす丼……301
第十六酒　末広町　白いオムライス……325

第一酒　蒲田　餃子《ギョーザ》

「本当にうまい餃子《ギョーザ》を知っていますか?」

その男は言った。

九月とはいえ、まだまだ暑い夜だった。

今夜の依頼主は向井康太《むかいこうた》、四十二歳、ということだった。

どうして見守り屋を雇ったのか、いまひとつ、わからない客だと言われた。

「いろいろ聞いても要領をえないんだ」

祥子《しょうこ》の雇い主であり、「中野《なかの》お助《たす》け本舗《ほんぽ》」の社長であり、同級生でもあった亀山太一《かめやまたいち》は言った。

「本当は俺が行くつもりだったんだけど」

しかし、亀山は昔からの大のお得意様から急に呼ばれて、どうしてもそちらに行かなくてはならなくなり、祥子に仕事が回ってきた。

「中野お助け本舗」はもともと、いわゆる便利屋をしていた。それが、どういうことか、夜から朝まで「見守ります」という業務を加えたところ、ぽつぽつと仕事が入り、今ではそれが主な事業内容になってしまった。

営業時間は夜二十二時から朝五時まで、とはいえ、相手次第でフレキシブルに対応する。暗くなってから昼前くらいまでなら客の意向にしたがう。

本来、初めての男性客はよほどのことがないかぎり、亀山が行く。けれど、今日は急な事態で、祥子が対応するしかなかった。

まあ、祥子も見守りの数をこなしてきて、玄関のドアを開けば、その相手がどんな人間か、わかるくらいにはなっていたが。

向井は蒲田《かまた》駅から徒歩十分ほどの灰色のマンションに住んでいた。終電くらいの時間に来てくださって結構です、ということだった。

「亀山さんからお話は聞いています。どうぞ」

細身で、前髪を重そうにたらした髪形は、彼を歳《とし》より若く見せた。

室内はきれいに片付けられており、玄関には革靴とスニーカーがそろえられていた。祥子はとっさに、「大丈夫だ」と判断して中に入った。

「すみませんね」

向井は祥子をダイニングのソファに座らせると、謝った。

「亀山さんが来られなくなって女性が来るとお聞きした時に、そこまでしていただくには及ばないと言ったんですけど」

「かまいません。仕事ですから」

「この部屋、週末には引き払うんです。まだあまり片付けはできてなくて」

「そうですか」

確かに、部屋の片隅《かたすみ》に、真新しい段ボール箱がたたんで置いてあった。

そして、向井は「あ」と言った。

「だからかもしれません。四年前にここに越してきてから、一度も人を呼んでないなと思ったら、なんだか寂《さび》しくなっちゃって」

「そういうことでしたか」

「ちょっと人と話をしたい、という気持ちもありましたし。亀山さんに聞かれた時はどうして見守り屋さんを頼みたいのか、自分でもよくわからなくて。ネットか何かで読んで、記憶には残っていたんです……田舎《いなか》に帰ったらそんなサービスはきっとないだろうし、いかにも都会らしいことを試してみたいという気持ちもありました」

祥子は思わず、微笑《ほほえ》んだ。

「人と話していると、自分の本当の気持ちがすぐにわかるもんですね」

「どちらに引っ越されるんですか」

「実家に戻ろうと思ってます。秋田です」

「あ、私、北海道です。道東《どうとう》」

そう近くもないが、距離的なことではなく北の方だ、ということが気持ちを近づけた。

「え、僕、一度、帯広《おびひろ》に行ったことがありますよ」

「へえ、そうなんですか」

彼はセールスマンをしていたと話してくれた。今は営業職、と言った方がいいのかもしれない。大学卒業時は不況で、やっと入れたのが不動産会社の営業だった。ワンルームマンションを売らされた。成績は普通だった。強引に売ることもできないが、一戸も売れないというほど悪くもなかった。ただただ、誠実に言葉を重ね、人より多くの時間を費《つい》やすことによって実績を上げた。

「営業って、詐欺《さぎ》まがいの商法とかもあるし、たくさん人を雇っても、ほとんどが続かずに辞《や》めていくのも事実です。だから、ブラック企業だと思われがちで嫌われますけど、まあなんとかやっていける人間もいるんです」

「合っていたんですね」

穏《おだ》やかに話していた向井が間髪《かんはつ》を容《い》れずに答えた。

「合っていません」

「あ、すみません」

「いいえ」

しばらく、沈黙が流れた。

「……他にやることがなかったから」

先に口を開いたのは向井だった。

「不動産を手始めに、英語教材、百科事典、ファミリータイプのマンション、それから保険……結局、保険が一番長く続きましたね。まあまあ売れたものもあったし、まったく売れなかったものもあった」

「そうですか」

「そうして、仕事を替えているうちに、友達がいなくなってしまったのかもしれません」

向井は、すべてのものをどこか少し離れたところから見ているような気がした。自分の人生も、扱ってきた商品も、それを買う客も。それがセールスマンを続けてこられた秘訣《ひけつ》だったのかもしれない。そして、本人が言うように友達をなくしてしまった理由だったのかも。

「あの」

夜中の二時を回った頃、祥子は言った。

「よかったら、引っ越しの手伝いとかしましょうか。起きていらっしゃるつもりなら」

「いえいえ」

向井がやっと微笑みながら、言った。

「たいした荷物もないですし、すぐ終わりますから」

確かに、さっぱりした部屋だった。

「ソファもベッドも処分するつもりです」

「そうですか」

田舎に帰る理由は最後まで明かさなかった。

二人で配信サービスで映画を一本見た。

明け方、映画が終わって、外が明るくなってくると、向井がつぶやいた。

「本当にうまい餃子を知っていますか？」

「え」

「帯広というと、餃子がうまい街だと記憶しているんです」

「帯広が？」

祥子は聞き返した。

「はい」

「私の方は、そういう記憶はまったくないです。ジンギスカンとか焼き肉とか、チーズとか野菜とか……魚も十勝港《とかちこう》から運ばれますし、おいしいものはいろいろありますけど、餃子は……」

「ご存じないですか」

「はい」

「あれは、三十になったばかりの頃だから十年以上前です」

彼は話し始めた。

「百科事典を売っていた頃です。僕史上、一番売れなかったものでしたね。結局、一つも売れないまま、半年くらいで会社を替わったんじゃないかな。正直、百科事典の必要性を僕自身が感じてなかったし」

「確かに、百科事典って私もそんなに欲しくないです」

祥子が苦笑しながら言った。

「それでも、売る人は売るんですから、僕には才能がなかったのでしょう。当時日本支社で一番売っていた女性は、全世界に広がる支社の中でも一位の営業成績を挙げていましたよ。僕は上司に毎日毎日、叱《しか》られて叱られて、少しノイローゼ気味になっていました。とにかく、どこでもいいから、誰にでもいいから売れ、と言われて、ある日、会社に行きたくなくなって、僕は客の問い合わせがあったから、と嘘《うそ》をついて、北海道に行きました。とにかく、どこか遠くに行きたかったんです」

向井は明るくなってきた窓の外を見た。

「帯広の駅前の宿を取りました。ビジネスホテルなんだけど、階下に大きな温泉があるところで、そこに長い時間浸《つ》かって、少し元気になってきました。食事をしようと下りたフロントで、駅から少し歩いたところに繁華街があると教えてもらって外に出たんです」

「時期はいつですか」

「十一月の終わり頃でした」

「もう寒かったでしょう」

「ええ。しかも、雪が降ってきたんです。東京から行ったので、薄いコート一枚でね。駅前の温度計はマイナス二度になってました」

向井は秋田出身だから、寒さや雪に対する怖さも知っていた。けれど、雪国出身だからこそ、それを少し甘く見たところもあった。

「自分はよく知ってるから、このくらいなら大丈夫だと思ったんです。だけど、雪がどんどんひどくなってね。それなのに、店らしい店が見えてこない。あっても、閉まってたりして。ホテルに戻ることも考えたんだけど、まあ、ここまで来てしまったし、と思って歩き続けたんです」

風が強く、あっという間に吹雪《ふぶき》のようになった。そうなると、今来た道を引き返すのもリスクがあるように思えてきた。

「とにかく、ひとっ子一人いないんです。ビルや店はあるんだけど、どこも閉まっていて廃墟《はいきょ》みたいなんです」

それでも、向井はしかたなく歩き続けた。

「実は、その頃、本当に仕事に行き詰まっていて」

「はい」

「仕事が合わないというのはわかっていたんだけど、景気も悪かったし、セールスマンといえども簡単に転職できる状況ではなくなっていました。もう三十ですしね。なんというか……かなり悲惨な気持ちであの街にいたんです。心のどこかでもうどうにでもなれ、という感じで。かなり投げやりで、あれは」

向井は遠くを見た。

「ある意味、死んでもいい、くらいの気持ちでした。吹雪の中にいたのは実際は十分か二十分くらいのことだったでしょう。でも、その自殺願望に近いような気持ちになった時、灯《あか》りが見えたんです」

「灯り」

あかり。ふっと思う。それは祥子の娘の名前でもあった。別れた夫の元に残してきた娘の明里《あかり》。

「そう、灯りです」

祥子の気持ちも知らず、向井はくり返した。

「なんだか、温かな灯りでした。現金なことに灯りが見えたら、急にお腹《なか》が減ってきて」

それは、「北《きた》の屋台《やたい》」という帯広の屋台村の灯りだった。

「屋台と言っても、ちゃんと囲いのある、小さな店舗がびっしり並んでいるようなところなんです。どこに入ろうか迷ったんですけど、僕はちょうど開店したばかりの店に入りました。他に客がいなかったから気楽に入れたのかもしれません。優しそうな顔の女性と中国系の男性が迎えてくれて……お二人はご夫婦のようでした。その店で一番人気のメニューの焼き餃子と、それから勧《すす》められるままに、前菜を何品か頼んだのかな。あと、寒かったので、温めた紹興酒《しょうこうしゅ》にいろいろな薬膳《やくぜん》を入れた酒も頼みました」

その頃には、祥子の喉《のど》がごくっと鳴りそうになっていた。

「で？　どうでしたか？」

「前菜はジャガイモのサラダでした。ポテトサラダではなくて、ジャガイモとセロリを千《せん》切《ぎ》りにしてさっと湯通ししてごま油で和《あ》えたような……これがなかなかうまかったんです。これは餃子も期待できるぞ、と思っていたところに、焼き餃子が来ました。想像以上でした」

「餃子にもいろいろありますよね、小さめでぱりぱりとか、薄い皮でこんがりとか……」

「本格的なやつでした。手作りのもっちりした皮で肉汁《にくじゅう》たっぷりのあんがくるまれていて、底はぱりぱりによく焼かれていて、嚙《か》むと肉汁がぶわーっと。酢醬油《すじょうゆ》と辣油《ラーユ》につけて一口頰張《ほおば》ったところで、思わず、『焼き餃子、追加で。あと、水餃子《すいギョーザ》も！』って言ってました。あんな本格的なものを北の果ての、あ、すいません、屋台で食べられると思わなかったんです。皮がいいんですよね。もちもちしていて。餃子は皮を食べるものなんだって、あの時初めて知りました。あんな餃子、東京に戻ってからも食べたことないな。おいしい餃子は他でもたくさんあるんですけど、あそこまで皮がしっかりしているのは。目の前で旦那《だんな》さんが小さいめん棒を使って包んでくれるんです。あの手つき、今でも思い出します。女将《おかみ》さんも料理を作っている旦那さんもにこにこしていて、紹興酒の薬膳燗酒《かんざけ》もうまくて……夢のような時間でした」

「食べている間に、なんとなくお店の人と話していて、旦那さんはやっぱり中国の方で、帯広出身の奥さんと上海《シャンハイ》で出会って結婚してこちらに来たのだとわかりました。僕、店の人と話すとかそういうの苦手なんですけど、お二人は話しやすくてね」

「よかったですね」

「本当に、感じのいい方たちだったんですね」

「お二人ともいろいろ苦労されているみたいでしたけど、ずっと和《なご》やかで、楽しそうに働いてました。僕は、僕は……」

「はい」

「やっぱり、生きようと思いました。東京に帰って、今の仕事を辞めて、で、むずかしいかもしれないけど、新しい就職先を探そうと」

話しているうちに、向井は寝てしまった。

白々《しらじら》と明けてくる部屋の中で、祥子は彼の顔を見ていた。

——なんだか、いろいろなものを抱えている人だったんだな。眠ってくれてよかった。だけど、私の、この餃子で膨《ふく》れ上がった気持ちをどうしてくれよう。

向井が起きるまで待って、少し引っ越しの手伝いをして、マンションを出た。

——お昼まで時間があるから家の近くまで帰ってご飯を食べてもいいけど、あんまり餃子がうまい店ってないんだよな。まして皮の厚い、本格的なやつは……。

会話の中で、向井から、帯広の店ほどではないが、蒲田も餃子がおいしい店がある街だと聞いていた。

犬森《いぬもり》祥子には、ランチを選ぶ明確な基準がある。

酒に合うか合わぬかだ。

しかし、餃子は絶対に酒に合うので、なんの問題もない。

深夜の見守り屋をやっている祥子にとって、仕事終わりのランチが一日の最後の食事であることが多い。しっかり食べて、酒を飲んで、家に帰って寝る、というのがちょうどよい。

蒲田の駅まで来て、駅ビルに入った時、その店を見つけた。

沖縄料理の店で、サーターアンダギーにコーヒーを付けて百九十円、と看板が出ている。

——サーターアンダギー、好きだ。あれ食べながらコーヒー飲んで、ちょっと時間を潰《つぶ》して、餃子を食べて帰ろう。

出てきたサーターアンダギーは揚げたてのようだった。小さな得をしたな、と思いながら、餃子が食べられる店の開店時間を待った。

餃子屋はスマートフォンで調べて、何軒か候補を絞っていた。アイスコーヒーを飲みながら、その中から一軒を選ぶ。

――肉汁たっぷりの餃子、やけどに気をつけて。羽根つき餃子の元祖……なんと、これはいい。この店にしよう。

十一時二十分を過ぎた頃、店を出て、餃子屋に向かった。場所は大田《おおた》区役所の近く、少し離れたところからでも赤い華やかな看板が見えた。数分歩いただけなのに、汗ばんでしまう。

開店前にもかかわらず、数人の中年女性が並んでいて、女店主は気を遣《つか》って店を開けてくれた。祥子は窓際に並ぶ四人掛けの席の一番奥に座った。小さい黒板に今日の定食が書かれてある。
一、回鍋肉《ホイコーロー》、二、長葱《ながねぎ》とキクラゲ玉子炒《いた》め、三、エビチリ玉子丼、餃子、サラダ、四、チャーシュー麺、餃子、ライス、とここまでが七百円。五、塩ラーメン、餃子、サラダが五百円。
――ラーメンと餃子で五百円はリーズナブル！　すごく迷うけど……今日はエビチリも食べてみたい。

見れば、祥子より先に入った中年女性たちは定食ではなく、餃子と水餃子を何皿も頼み、賑《にぎ》やかにビールを注文している。

——ああいう頼み方もいいなあ、うらやましい。水餃子も食べてみたい。

しかし、祥子は考えに考えて、三番の定食と生ビールにした。

ほどなく、定食とビールが届いた。

まずはビールを一口。仕事のあとの身体《からだ》に染《し》み渡っていく。口の中の頰の裏側あたりに、ビールが染み込む特別な場所があるような気さえする。鮮やかな赤オレンジと黄色のエビチリ玉子丼にも惹《ひ》かれたが、まずは餃子を頰張る。気をつけたつもりなのに、肉汁がほとばしって、思わず、皿の上に顔を近づける。もちもちした皮、ぱりぱりの羽根、たっぷりの挽《ひ》き肉《にく》と肉汁、すべてが理想的だ。向井の話を聞いてから、ずっと思い浮かべていた餃子欲をやっとなだめることができた。

——ああ、うまい。うまい。この店にして、よかった。

エビチリ玉子丼をレンゲですくう。これはなかなか酸味が強く、刺激的な味。だけど、これまたビールに合う。餃子と交互でエビチリ、ビール、餃子、ビール、と絶妙な永久運動ができた。

ふっと、ある記憶がよみがえった。

祥子は一度離婚している。

短い交際の中でハプニングから妊娠し、相手をあまり知らないまま結婚して、二世帯住宅で義父母と同居した。義母との確執と、夫が会社の後輩と付き合っているのではないかという疑心暗鬼《ぎしんあんき》の中で家を出ることになった。義父母の反対が強く、仕事のあてもないまま娘を連れて出る勇気もなかったので、彼らの元に娘を残した。夫はその不倫相手とすでに再婚している。

離婚してしばらく経《た》った頃、祥子は元夫、義徳《よしのり》の元に残してきた娘と久しぶりに会った。

娘の明里はまだ五歳だった。

祥子は仕事が決まっておらず、小さなアパートに住んで、アルバイトをしながら、結婚前の貯金を取り崩して生活していた。

久しぶりに会った娘はどこか元気がなかった。二人きりになり、「何が食べたい？」と尋ねると、「回転のお寿司」と言う。

正直、まいったな、と思った。お金がなかった。次の給料日まであと一週間、数千円の金が財布にあるだけだった。

駅前で、一皿九十九円の店を見つけて入った。

娘が好きなものをなんでも食べさせてやりたかった。

「まぐろ」「いくら」「たまご」

明里が言うままに皿を取った。

途中、彼女は気がついて尋ねた。

「ママ、食べないの？」

「ママはお腹がいっぱいなの」と答えた。

まんざら嘘でもなかった。朝、一枚のトーストを食べたきりの胃袋はからっぽだったが、明里が食べている様子を見て話を聞くだけで、嬉《うれ》しくて、かわいくて、胸がいっぱいだった。

明里は一度だけ、聞いた。

「今日、パパは来ないの？」

「あとで来るよ。明里ちゃんを迎えに」

あんなに食べたがったのに、明里は数皿食べただけで、「もうお腹いっぱい」と言った。まだ幼かったし、そう疑問にも思わなかった。

数時間後、義徳に明里を渡して、バイバイと手を振って別れた。

別れなければならない寂しさはあったが、明里の声や顔を思い出すだけで満足だった。だけど、帰宅の途中で気がついた。

回転寿司は、短い結婚生活の中で、数少ない家族三人の団欒《だんらん》の時間だった。元夫の両親と同居していてうまくいかなくなった時期でも、回転寿司だけは、義徳と祥子と明里、三人で行く場所だった。義父母は「回るお寿司は嫌い。落ち着いて食事できない」と同行を断ったからだ。

義父母との不仲を娘の前で見せることは絶対になかった。義母も祥子もそれは徹底していたつもりだった。だけど、明里は義母を前にした祥子の不安や緊張を読み取っていたのだろう。そして、唯一それを避けられる回転寿司を選んだのだろう。そこに元夫も来ることを願って……。

気がついた時、祥子は人目もはばからず涙をこぼし、給料日までわずかなお金しかないのに、コンビニで強いアルコール度数の缶酎《かんちゅう》ハイを買って帰って飲んだ。

なぜ急にそんな記憶がよみがえってきたのかわからない。

ただ、悲しみと喜びがない交《ま》ぜになった餃子の話を聞き、「あかり」という響きを耳にしたことで、心の扉が開いてしまったのかもしれない。

――向井さん、ここの餃子は食べたことがあるのかしら。

雪の日の北海道で、身体が冷え切ったところで食べた餃子は、格別だったはずだ。

「だけどね、実はそのあと、もう一度行ったら、なくなってたんです」

潰れてしまったのか、移転したのか、わからないままらしい。

寝入る前、向井はそう言っていた。

スマホを使って、それらしいワードを入れて調べてみる。しばらく検索して、どうも、同じ店が札幌《さっぽろ》で開店しているらしい、ということを突き止めた。

――きっとこのお店だ。向井さんには、亀山経由で教えてあげよう。故郷に帰ったら、札幌に行く機会もあるかもしれない。

餃子もエビチリ玉子丼もビールも平らげて、祥子はまた暑い外に出た。次は水餃子を食べに来ようと誓いながら。

日傘を差しながら考える。人は時々、思いもよらないところで人を救う。思わぬ味が人を救い、記憶をよみがえらせる。きっと帯広の餃子の店の人たちも、ある一人のセールスマンを救ったとは知らないはずだ。

そんな仕事ができたらいいのに。

祥子はまた歩き出した。

第二酒　西麻布　フレンチ

その店は坂の途中にある。

以前、雑誌で、ある女性漫画家が言っていた。

『登場人物の一人の男性の家を坂の真ん中に描いたんです。そしたら、編集者に「先生、あの登場人物が好きなんでしょう?」と言われてしまって。どうして? って聞いたら、「あんな場所に家があるの、好きな人に決まっている」って』

確かに、坂の途中の家というのはどこか、気持ちをそそられる。

「ああ、ここです、ここです。前に一度来ただけなんだけど、どうしてももう一度来たいと思っていて。祥子さんにごちそうしたかったんです」

隣で角谷一希《かどやいっき》が嬉しそうに言った。

祥子は黙って、その家を見上げた。

ある個性派俳優の自宅をフレンチレストランにしたのだと聞いていた。

角谷から電話でその話を聞いてからずっと、あんな家だろうか、こんな家だろうか、と思い描いていた。

その俳優はプライベートでは着物を着ている印象があった。だから、古民家風の家かな。しかしやはり芸能人だもの、華美なベルサイユ宮殿風邸宅だったりして。いや、質素な山小屋風か……。

しかし、その家はどの予想とも大きく違っていた。

譬《たと》えるなら、要塞、だ。

グレーのコンクリートがむき出しの壁、四角張った形……一階に車庫があって、祥子は車の種類には疎《うと》いが、少し古びたよい感じのヨーロッパ車が駐《と》まっていた。二階のベランダには大きめのコンテナがいくつかあって緑の葉が見えた。野菜だと、祥子にはすぐわかったが、一見、観葉植物のようでしゃれていた。

「予約してあります。さあ、入りましょう」

軽く背中を押されて、ドアを開けた。

「東京に行くので、お会いできませんか」

角谷から先週、連絡が来た。

彼は今も相変わらず大阪に住んでいて、仕事とも、事後処理ともつかないことをしていた。

「ちょっとお話ししたいこともあるし……」

角谷とは、「中野お助け本舗」の社長、亀山の仕事を通して出会った。

亀山の祖父は今も健在で、地元、北海道東部を地盤とする、国会議員をしている。その事務所である「亀山事務所」から頼まれた仕事で、何度か謎の荷物を大阪まで運んだ。角谷はその受け取り先である国会議員の秘書だったが、昨年、あっせん利得《りとく》容疑で逮捕され、その後、証拠不十分により釈放されていた。

現在も捜査は続いているものの、角谷は元の事務所には戻っていないらしい。

「らしい」というのは、それ以上の話を聞いていないからだ。

「何日くらい、いらっしゃるんですか」

それでも、声がわずかにはずんでいるのを自分でも感じる。

「数日です。仕事の様子によっては、一週間くらいかも」

釈放されてから御殿場《ごてんば》で会い、その後、何度か電話をし合っていた。その時、角谷は「東京で働きたい」というようなことを漏《も》らしていた。

もしかしたら、その話もあるのかもしれない、と期待してしまう。

建物の玄関を入ると、真っ赤な扉に「ＴＯＩＬＥＴ」のプレートがかかったトイレがあり、その脇に階段がある。上がっていくと、二階がレストランになっていた。

「いらっしゃいませ」

感じのよい笑顔で、女性が窓際の席に案内してくれた。

「いい店ですね」

祥子は思わず、ささやいた。

コンクリートでできた建物は、その中もコンクリートの打ちっぱなしになっていた。冷たい雰囲気になりそうなのに、簡素な中にも温かみを感じるのは、調度品のおかげなのか、サービスの気さくさゆえか。

ほどなく、手書きのコースメニューが運ばれてきた。前菜、メイン、デザート、飲み物を選ぶのだが、メインの種類で多少、値段が変わるようになっている。

前菜は、鮮魚のカルパッチョが二種、生ハムのサラダ、豚のテリーヌ、ポタージュスープなどから選ぶ。メインは魚のソテーが二種、鶏《とり》のローストと、豚のソテー、牛肉のステーキだった。

「どれもおいしそうですね」

「僕はメインを魚にして、前菜を肉にしようかな」

「じゃあ、私はメインは肉で」

「一緒でもいいんですよ」

「いえ、本当に肉がいいんで」

そんなたわいないことを話すのも、フレンチレストランの楽しみの一つだと思った。

結局、角谷は生ハムと真鯛《まだい》のソテー、祥子がホウボウのカルパッチョと牛肉のステーキを注文した。

「僕はこのあと人に会うので、ミネラルウォーターをいただきますが、祥子さんはワインでもいかがですか」

角谷はメニューを離さずに言った。

少し迷ったが、祥子はキールを頼んだ。

細長いグラスに入った濃いピンク色の飲み物が、外から注《そそ》ぐ光に映《は》えて美しい。

「いただきます」

「どうぞ」

甘みの強いアルコールは、食欲を増進させるような気がした。

前菜は、どちらも野菜に、肉や魚もたっぷりだった。

「わあ」

祥子は思わず、声を上げた。

「結構、量が多いですね」

「ええ」

「いただきます」

お互いに目を合わせて、微笑むと、銀器を手に取った。

ホウボウは結構、厚みがある。それに塩とオリーブ油がからみ合って、白身の旨《うま》みがよくわかった。

「でしょう」

「これはおいしい」

角谷が少し誇らしげに言った。

「カルパッチョだけど、薄切りじゃないから魚の味がはっきりしますね」

「こちらもどうぞ」

彼が自分の皿を少し押した。

少しずつ、食べ物を交換して口にする。

生ハムのサラダの方には、アーティチョークの酢漬《すづ》けやイチジクが入っていた。どれも吟味《ぎんみ》された食材のようで、一つ一つに力がある味だった。

「実は、お話があるんですよ」

前菜を半《なか》ばまで食べたところで、角谷が言った。

「ええ、そうおっしゃっていましたよね」

彼の口調から、そうシビアな話ではないことはわかっていたが、やはり、ほんの少し緊張してしまう。

「東京に来ようかと思っていて」

やっぱり、と心の中でつぶやいた。

角谷の話は、仕事の拠点を東京に置こうか、ということだった。

議員事務所での事件は嵐のように始まり、静かに終焉《しゅうえん》を迎えた。

弁護士の先生にも、「もう警察に呼ばれることはないでしょう」と告げられたと言う。

「それはよかった」

「結局、税務上の修正申告をして、今回は終わりそうなんです」

しかし、雇い主の代議士からは「ちょっと待ってくれ」と言われているそうで、それは、「悪いようにはしないから、この事務所からはしばらく離れていてくれ」というような意味らしい。

「ふーん」

なんと答えていいのかわからなくて、祥子は小さくうなった。

「まあ、何事も曖昧《あいまい》な中で進んでいくことが多い世界なので」

「大切なことであればあるほど、曖昧になる」

角谷は苦笑した。

「それで、大阪にある、他の議員事務所を多少回ってみたりしたのですが」

一度逮捕され、顔がテレビニュースにまで映った角谷に、皆同情こそすれ、「うちに来い」とまでは言わなかったらしい。

「これでも、昔はいろんなところから引き抜きの話もあったんですけどね。今の倍の給料出すから来てくれ、とか」

愚痴《ぐち》とも自嘲《じちょう》ともつかず、角谷はつぶやいた。

「今は時期が悪いらしくて」

「……そうでしょうねえ」

「それで、そういうことなら、東京に来て、しばらく政治コンサルタント的な仕事をしながら、ほとぼりが冷めるのを待とうかと思っています。大阪ではちょっといろいろありすぎましたし、東京には祥子さんがいるし。そのうち、正式に雇ってくれるところもあるかもしれません」

「なるほど」

「そうなんですか」

祥子さんがいるし、というところは、嬉しすぎて聞こえないふりをした。

「大丈夫です」

祥子の顔色を見て、角谷は勇気づけるように笑った。

「人脈もありますし、コネもあります。調べ物……まあ僕らの業界のことですけど……なんかもわりに得意なんです。実は今回来たのも、関西方面から仕事を頼まれたからなんです。表では雇いにくいのかもしれませんが、こういう単発の仕事ならいくらでもあるので」

ということは、角谷はしばらくは無職ということなのか、と祥子は思う。

まあ、自分だって、そうたいして違いはないのだけど。

ただ、なんとなく、今食べていたものが、ゆっくりと味を失っていくような気がした。

せっかくの素晴らしい前菜が少し味気なく終わってしまうと、ほどなく、メインディッシュが運ばれてきた。

これもまた、こんがり焼けた牛ステーキに焼き野菜……オクラ、ジャガイモ、タマネギ、ニンジンなどがたっぷりとのっている。

「オクラはうちの屋上で作ったものなんですよ」

お店の女性が教えてくれた。祥子は入ってくる時に、上の階にオクラの花が見えたのを思い出した。

「ステーキ、おいしそうですね」

ちょっと黙ってしまった祥子に気を遣ったのか、角谷は楽しげな声を上げた。

「ええ」

気を取り直して、ナイフを持ち上げる。

肉がとても軟《やわ》らかく、噛みしめるほどに味が広がる。それを絶妙な塩味《えんみ》の野菜と一緒に食べるのは、素晴らしかった。

「……どうかしましたか」

角谷が尋ねた。

「お肉、硬かったですか」

「いいえ、とんでもない」

祥子は激しく否定した。

「すごくおいしいです。軟らかくて、でも、深い味わいもあって」

「こっちの魚もおいしいです。取り替えっこしますか」

彼は場を盛り上げるように微笑んだ。

「あ、はい」

ちょっと気の抜けた返事をしてしまった。

何か、違和感が喉のあたりまでわき上がって、素直に食事を楽しめなくなっていた。でも、角谷は丁寧《ていねい》に自分の魚を切り分けると、祥子の皿に大きな一切れをのせた。祥子も牛肉にナイフを入れた。慌《あわ》てて切ったためか、皿とナイフが嫌な音を立てた。

「ごめんなさい」

「……どうかしました？」

彼がもう一度尋ねた。

「あの」

祥子は銀器を置いた。

「もしかして、引きました？　逮捕とか、事務所に戻れないとか聞いて……」

「いえ」

「どうぞ、言いたいことや、聞きたいことがあればはっきり言ってください。そりゃ引きますよね。逮捕されて釈放されたばかりの男が、のこのこ東京にやってくるんだから」

「あの。そういうことじゃないんです。というか、ちょっと、そういうこともあるんですけど、はっきりそういうことでもなくて」

「なんですか」

「……お仕事のこととか私にはわからないし、角谷さんの事情もわかるんですが」

「はい」

「つまりは、これからしばらくは収入が安定しないってことですよね？」

角谷は少しの間、ぽかんとした顔で祥子を見ていた。

「はい、まあ」

そして、苦笑した。

「はっきり言うなあ」

「すみません。それが悪いってことじゃないんです。私もそうですし」

「うん」

「ただ、そういうことじゃなくて、それなのに、こんなすごいお店……西麻布《にしあざぶ》のフレンチレストランに連れてきていただいて……そういうのがちょっと何か……いいのかしら、私には合わないって思って」

「え」

「収入がなくても、こういうところで散財されるのかと思ったら、ちょっと違うかな、って思って。もちろん、私もおいしいもの好きですけど。でも」

それ以上、言えなくなってしまった。

自分が言っていることはあまりにも身勝手に感じられた。自分だって、その日暮らしのような身の上なのに、やっと釈放された彼を傷つけている気がした。

ただ、どうしても、その「分不相応《ぶんふそうおう》さ」をわかってくれる人じゃないと、これからもずっとわだかまりを抱えながら付き合っていくことになってしまうような気がした。

「私、貧乏な女だし、貧乏性《びんぼうしょう》な女でもあるんですよ。子供もいるし。こんな店でごちそうしていただかなくてもいいんですよ」

自嘲気味に笑ってみせたけど、角谷は笑わなかった。

「この店を選んだのは」

しばらく考え込んでいて、口を開いた。

「純粋においしくて、祥子さんに食べていただきたかったからですが」

「はい」

「一度来ただけだけれども、ここの味が忘れられなくて。なんというか、もちろん、自分の現状からすると身分不相応かもしれないし、値段は普通のランチより少し高いかもしれないけど、でも、値段じゃはかれない、実直な、丁寧な味だと記憶していたから」

「あ、はい」

それは祥子も感じていた。

前菜のホウボウは、ボリュームがあり食べ応《ごた》えがある。牛ステーキはいい肉を使って、調理法も適切なのがすぐにわかる。そして、屋上で栽培しているという野菜は味が濃かった。

「こういう地に足の着いた仕事をしたいな、生き方をしたいな、という気持ちがあって」

「そうでしたか」

「それをわかっていただきたくて、選びました」

角谷は店の人を呼んで、申し訳ないけれど今までの会計の明細を持ってきていただけないか、と丁寧に頼んだ。

「そこまでしていただかなくても」

恐縮しながら見せてもらった会計は、祥子が思っていたよりも三割近く、安かった。

「本当、この味にしてはお安い」

「でしょう。もちろん、今の自分には高いかもしれませんし、贅沢《ぜいたく》かもしれません。祥子さんの手前、ちょっと無理したかな」

彼は髪に手を当てて、笑った。

「いえ、そういうことなら。ずっと議員秘書をしていて、派手な方なのかなって。私の考えすぎでした。ごめんなさい」

「逆に言えば、確かに、今後しばらくはこんなところで食事ができないことを覚悟してもらわないといけないかも」

「はい」

「だけど、最初くらいはちゃんとしたくて」

「最初？」

「こんなこと言うの、中学生みたいで照れますけど、これからちゃんとお付き合いしていきたい」

「あ」

角谷は頭を下げた。

「よろしくお願いします」

祥子も思わず、小さく言っていた。

そのあとの食事はさらに素晴らしかった。

祥子はデザートにアップルパイを、角谷はチーズケーキを選択し、コーヒーを添えてもらった。

先に運ばれてきた、角谷のチーズケーキには上に輪切りにしたシャインマスカットがのっていた。「わあっ」と思わず、祥子が声を上げてしまうほどの美しさだった。半貴石《はんきせき》がのった小さな王冠のようだった。でも、ケーキ専門店ほど豪奢《ごうしゃ》ではなく、子供の頃に拾い集めていた色とりどりの石を入れた化粧箱を開けた時のような、懐《なつ》かしいときめきを覚えた。

角谷に促《うなが》されて口に入れると、チーズの部分は素っ気《そけ》ないほど甘みが少ない。しかし、シャインマスカットが頬が落ちるほどに甘いので、いっぺんに口に入れると、甘みと酸味が程よい味わいとなる。

こんなに計算されたスイーツを食べたことはないような気がした。

ほどなく、祥子のアップルパイも運ばれてきた。

これは焼きたてのパイ生地《きじ》を楽しむ菓子だ。四角いパイ生地の真ん中が少し窪《くぼ》んでいて、リンゴがのっている。これもまた甘すぎず酸っぱすぎず、紅玉《こうぎょく》リンゴを甘く煮たのか、もともと甘みが強いリンゴをそのまま素焼きにしたのか、判別がつかなかった。けれど、わかったのは、サクサクしたパイ生地と甘いリンゴ、ホイップクリームの割合が絶妙であることだ。

「僕が今まで食べたアップルパイの中で、一番おいしかったかもしれない」

同じことを考えていた祥子は小さくうなずいた。声に出さなくても通じ合えるような、そんな料理だった。

帰りは坂道を手をつないで歩いた。

第三酒　新大久保　サムギョプサル

新大久保界隈《しんおおくぼかいわい》は、異国のような町だというのは知っていたけど、訪れたのはＯＬ時代の一度きりだった。韓流《ハンりゅう》にはまっていた友人に連れられて、韓国料理を食べ、アイドルのグッズを買うのに付き合い、キムチをお土産《みやげ》に買って帰った。

最近は少し様変わりして、韓国に限らず、外国人が数多く住む、多国籍な町だと聞いていた。それでも、駅前はまだ韓国料理の店がひしめき合うように立ち並んでいる。海外送金の店に各国の文字がびっしり書かれているのが、いかにもこの町らしかった。

——ここまで来たらせっかくだから、やっぱり韓国料理を食べたい。

きょろきょろとあたりを見回しながら歩く。

「あなたが見守り屋さんね」

前夜、祥子を呼んでくれたのは、有名ブロガーのミカママだった。

新大久保駅と新宿《しんじゅく》駅の間くらいにある、大きなマンションに家族と住んでいる。

けれど、昨日呼ばれたのはそこから十分ほど新大久保駅側に歩いた、彼女の両親が住んでいる、やっぱり大きなマンションの一室だった。

最初は自宅にという話が、夕方くらいに連絡があって、急遽《きゅうきょ》、場所が変わった。

「ミカママさんはすごいブロガーなんだよ」

事務所に打ち合わせで行った時、社長の亀山が教えてくれた。

「特に主婦に絶大な人気がある。二十代の頃は大きな企業の社長秘書をしていたらしい。何度もアクセスランキングで年間一位になっていて、本も出してるし、いろんなイベントにも呼ばれてたりして、いわゆるインフルエンサーってやつだな」

「へえ、そんな人がいるんだ」

「ブログ上では夫がなんの仕事をしているかは明かされてないけど、実際は大手商社マンなんだって。二人の娘と犬二匹と暮らしている」

聞いただけで、なんて幸せな人なんだろうと祥子は思った。

「豊かな暮らしは感じさせるが、そこまで気取った感じはない、等身大の主婦目線みたいなのが人気の理由だ」

「ふーん」

「今回の依頼は、彼女の取材の一環でもあって、いろんなサービスを体験してそれをブログに書いているんだと。今までにも、家事代行サービスの掃除《そうじ》や料理、介護サービス、子守、マッサージ、ヘアカットなんかを体験してきたんだけど、うちの見守り屋もどこかで見つけて、頼んできたんだよ」

「へえ」

「正直、一見、なんのためにあるサービスなのかわからないこの仕事がどんなものか知りたいんだって。だから、祥子に少しインタビューして、その言葉なんかがブログに載るかもしれないけど、それでもいいか」

「うーん」

祥子はちょっと迷った。

「もちろん、顔写真は載せないし、名前も出さない。ただ、このミカママはイラストも描いているから、イラストで載る可能性はあるらしい」

祥子は思わず笑った。

「そのくらいならいいけど」

「ただ、記事を事前にチェックはできない。ただのブログだからな。もちろん、あんまりひどいことを書かれたりしたら、抗議はするけど。このブログ、何万ビューもアクセスがあるから、いいことを書いてもらえれば、仕事も増えるかもしれない」

「そんなの……ちょっと怖い。自信ない」

「まあ、俺は電話で話したのと、ブログを拾い読みしたくらいだが、常識的な人間のような気がした。取材相手に対する配慮も感じるし、どんなに悪くてもいきなりひどい中傷するようなことを書いたりはしないと思うけど」

「亀山はやってほしい？」

祥子は上目遣《うわめづか》いになって尋ねた。

「まあ、祥子次第だけど、悪くはないと思う」

「じゃあ……行ってみるか」

そういうやり取りがあってこの街に来たのだった。

「私のことは、ミカママって呼んでください。ハンドルネームだけど、もうそれが本名みたいになっちゃってるの」

ブロガーというから、無意識に若い女性を想像していたが、ミカママは五十代だった。バブル世代特有の華やかさとパワフルさを持っている。

背はそう高くはなく、ほっそりとした体形で、白とベージュを基調とした部屋着は、やはり人気ブロガーだと思わせる上質でセンスのよいものだった。

「急にこちらに来ていただくことになっちゃって、ごめんなさいね」

ダイニングルームに通されると、応接セットがあって、彼女の両親が座っていた。

「今夜、来ていただいた、見守り屋の祥子さんよ」

ミカママが明るく紹介してくれた。

「どうも」

「いらっしゃい」

上品な両親で挨拶《あいさつ》はしてくれたが、声は小さく、覇気《はき》のない感じだった。ミカママがはつらつとしているので、よけいに目立つ。

「今夜はよろしくお願いします！」

祥子も張りのある声を努めて出して、挨拶した。

「じゃあ、こちらに来てくださる？」

ミカママが祥子をキッチンに案内した。

キッチンには四人掛けのテーブルがあって、椅子《いす》を勧められた。

「今日は急に実家に来てもらうことになって、本当にごめんなさいね」

また、改めて謝られた。

「いいえ、いいえ。大丈夫です」

「最初は自宅の方でお願いするつもりだったんだけど、父の様子がちょっとね……」

「本当にいいんです、いいんです」

ミカママは目を伏せた。そうすると、これまでの明るい様子ががらりと変わる。

「今日はいろいろあって」

「はい」

「本当は、来てもらうのもやめようと思ったんだけど、思い切って来てもらった方が、気も紛《まぎ》れるかと思って」

「気を紛らわしたいようなことがあったんですか」

微笑みながら尋ねた。

「今日はね。父がちょっと体調を崩したから、病院に連れて行ったんだけど」

彼女はそこで、はあ、とため息をついた。

「ミヒャン、ミヒャン。お客様とお話しするならこっちに来てもらったらどう？」

キッチンの入り口に母親が立っていた。

「はあい。だけど、ちょっと仕事があるのよ！」

ミカママが少し強い調子で答えた。

母親は、何やらぶつぶつ言いながら行ってしまった。

ミカママはしばらくじっと黙っていた。

「……よかったら、お母様たちと四人でお茶でも飲みましょうか。インタビューとかはお二人が休まれてからでもできますし」

彼女はきれいにネイルされた指先を見つめていた。薄いピンクと肌色のネイルで、ほとんど地のままの爪《つめ》に見えるけれど、実は手がかかっているのだと女同士にはわかる。

「今日はいろいろあって」

もう一度、同じことを彼女は言った。

「はい」

「しばらく二人で話したかったんだけど」

「それでもいいですよ」

「でも、そうね。両親と少し話しましょうか。お茶でも飲んで」

「私が淹《い》れますよ」

祥子は茶の道具の場所を聞いて用意した。

お茶を持って、ダイニングルームに向かい、ソファに並んで腰掛けた。

しかし、ミカママはどこか疲れたように黙っている。母親はキョロキョロとミカママと祥子の顔を見ている。父親はぼんやりしていた。

祥子がお茶を並べながら尋ねた。

「さっき、お母様はミカママさんのことをミヒャンと呼んでいましたよね」

するとﾞ、ミカママはほっとしたように話し出した。

「実は、両親は在日なの。私は結婚と同時に帰化したので日本国籍なんだけど、本名は美《み》香《か》、韓国語の読み方だと、ミヒャンというのね」

「へえ、そうなんですね。もしかして、新大久保にお住まいなのもそのためですか……?」

「ええ。父は戦後まもなく、大阪から一家でこちらに引っ越してきて……」

「ロッテだよ。ロッテの工場があったんだ」

父親が急に話し出した。

「ロッテ?」

「新大久保の駅の近くにさ、ロッテの工場があって、韓国人がたくさん住んでいたんだ」

「父は昔のことはよく覚えているの。新大久保の生き字引なのよ」

やっとミカママが微笑んだ。

「そうなんですか」

それから、ミカママ、父親、母親が競うように、交替で話を始めた。

「祖父はロッテの工員さんのための食堂を作ったの。当時はそういう店がいっぱいあってね」

「初めて聞きました」

「昔は忙しくて、忙しくて。工員さんたちが朝、ご飯食べに来るでしょ。片付けたら、昼ご飯。また、片付けると夕ご飯。それが一段落したら、夜勤が終わった人たちが、夜食を食べに来るの。皆、お酒をいっぱい飲んで」

母親が手と目をぐるぐる回しながら言った。

「それは大変でしたねえ」

「でもね」

彼女が早口の韓国語まじりの言葉でまくし立てる。ミカママが通訳した。

「忙しかったけど、楽しかったって。皆、同胞《どうほう》ばっかりで、毎日食べに来て、おしゃべりして、ケンカして」

「ケンカしたんですか」

「お酒が入ったらケンカになるの」

ミカママがくすりと笑った。

「でも、次の日にはすぐに仲直りする。言いたいことを全部、吐き出すから」

「たくさん店があったけど、うちが一番だった」

父親が力強く言った。

「そう。お父さんの料理が一番。それは皆認めてた」

ミカママはうなずいた。

「そうやって両親は私を育ててくれて、兄と私は大学に行って、就職した。店は継《つ》がなかった」

今度は父親が韓国語で何か言った。

「忙しくて、つらい仕事だし、継がなくてよかったって……九〇年代になると日本人も韓国料理を食べにくるようになって。西新宿《にししんじゅく》のあたりにも会社がたくさんできて、そこからランチを食べにきたりしてね。それで、韓流がブームになった頃、店ごと権利を売ったの」

「そうだったんですね」

「それから、両親は悠々自適《ゆうゆうじてき》の生活。世界中を旅行して」

夜が更《ふ》けるまで昔の新大久保のことなどをいろいろ教えてもらったり、旅の写真を見せてもらったりした。

駅前をしばらく歩いて、外にカラー写真がたくさん貼ってある華やかな看板を見つけた。「サムギョプサル　千八十円」「ランチも昼飲みも！　生ビール二百六十五円」とある。

地下に下りていく店だった。

入り口が狭くて少し暗くて、ちょっと躊躇《ちゅうちょ》するが、中に入ればロースターと鉄板がのったテーブルが並んでいた。早い時間だからか、サラリーマンらしい男性客が一人しかいない。

テーブルの上には、サムギョプサルを提供する店特有の、斜めになった鉄板が用意されていた。

――小さなスキー場のようだ。低い方に脂《あぶら》が落ちるようになっているのだろう。

席に案内されて、ランチメニューをもう一度確認する。サムギョプサルの他に、ビビンバやクッパ、辛《シン》ラーメン、スンドゥブチゲ、ハラミ丼など二十種類以上のメニューがあった。

ほんの一瞬迷ったが、やはり、がっつり肉を食べたいと思った。

「すいません！」と奥に呼びかけた。韓国系の女性が出てきて、ゆっくりした日本語で「いらっしゃいませえ」と言った。サムギョプサルに、同じ鉄板上で作ってくれるキムチチャーハンを追加したセットにした。生ビールももちろん注文する。

すぐに霜《しも》の付いたジョッキの生ビールが届いた。一緒に韓国風の常備菜《じょうびさい》が入った小皿がテーブルに置かれる。確か、韓国語でミッパンチャンと言うのではなかったか。

厚揚げとタマネギを甘辛く炊《た》いたもの、ハムに衣を付けて焼いてあるチヂミ風の一皿、マカロニサラダ、もやしのナムルなど。他に赤くて辛いタレがかかっている白髪《しらが》ネギ、サニーレタス、塩とごま油のタレ、辛味噌《からみそ》が並び、韓国料理らしい華やかなテーブルとなった。

それらをつまみに飲んでいると、先ほどの女性が厚切りの豚バラ肉とキムチ、野菜を入れたトレイを持って近づいてきた。野菜はタマネギとエリンギ、ジャガイモだ。彼女はそれらを鉄板の上にきれいに並べて火をつけた。

――これだけたくさん野菜が食べられるのもいいなあ。

脂が落ちていくジュウジュウという音や香ばしい匂《にお》い。この焼き肉には、値段以上のエンターテインメント性がある。

しばらくするとまた来て、肉をひっくり返してくれた。ここは店員がすべてを仕上げてくれる店らしい。

――本当に韓国に来たみたいだ。

裏面も焼けると、大きなはさみでちょきちょきと肉を切り、キムチや他の野菜も切ってくれた。そして、「どうぞ」とぶっきらぼうに言った。

厨房《ちゅうぼう》に引き返そうとする彼女に「ありがとう」と言うと、何かの追加注文かと振り返る。それには笑顔で軽く頭を左右に振った。

――ちょっと意思が通じにくい、この感じ、まさに海外に来たみたい。地下にあるから、よけい日本ではない気がする。なかなか海外になんて旅行できない私にとっては嬉しい体験だ。

サニーレタスにこんがり焼けた肉をのせ、辛味噌を塗って、まずはネギだけ挟んでくるむ。

「できるだけぎゅっと葉を巻いた方がおいしいのよ」と昨夜、ミカママに教えてもらったのを思い出した。

「韓国料理はよく混ぜて、しっかり巻いて、いろいろな味が一緒になった方がおいしいの」

ぎゅっと巻こうと力みすぎて、レタスが破れてしまったが、なんとかできあがったサムギョプサルを口に入れる。みずみずしい野菜、ネギのかすかな辛みと匂い、甘辛い味噌、すべてが一体となってとけ合っていく。食感も、ぱりぱりした野菜にカリカリの肉と、違っているのが楽しい。

――おいしい。牛の焼き肉もいいけど、これはまた別のおいしさだ。値段や味で比べられない。

すかさず、ビールをぐーっと飲む。堪《こら》えきれずに、「ああ」と声が出た。

次に肉だけで、塩とごま油のタレにつけた。これまたおいしい。すぐにビールを飲む。

食べ方はまだまだある。肉に焼けたキムチを合わせて口に入れる。酸味のあるキムチが肉をさっぱりとさせてくれる。ビールに合わないわけがない。

箸休《はしやす》めに、焼いた野菜を食べてみる。こんがり焼けたジャガイモはそのまま食べてもいいし、塩とごま油のタレをまぶしてもおいしい。

レタスを広げて、肉、ネギ、焼きキムチをのせて、またぎゅっと巻いて食べる。辛味噌とは違った辛さと旨みが口に広がる。

次に、肉もネギもキムチも辛味噌も、焼き野菜もおかずのナムルも、入れられるものは全部入れて巻いたりしても、味はちゃんとまとまっている。

——肉とレタスと辛味噌の実力、すごいな。

夢中で食べていたが、ふと気がつくと、顎《あご》がかなり疲れている。思わず、苦笑してしまう。

——それほど、肉の量が多いということか。

肉をあらかた食べたところで、また無表情な店員が近づいてくる。手にしているお盆の上には、ご飯に刻んだキムチらしい赤い塊《かたまり》、韓国海苔《のり》、何かわからない液体の入ったボトルなどが所狭しと並べてある。

彼女は少し残ったキムチと焼き野菜を小さめのコテで刻むとご飯をのせ、鉄板をこそげながら混ぜた。それだけでもおいしそうなのに、さらに刻んだキムチと真っ赤な調味料が混ざったものをご飯の上にかける。チャーハンがどんどん真っ赤に染まっていく。そして、さらに謎の液体をかけ、海苔をぱらぱらと振った。急に香りが強くなる。赤いチャーハンをお好み焼きのように平べったく形を整えて、脇にコテを差して去って行った。

――あの液体はやっぱりごま油かな。

コテを使って、チャーハンを器に取って食べる。もちろん、まずかろうはずがない。辛さはそう強くなく、キムチの酸味と韓国海苔の風味がさらにご飯を香ばしくする。結構な量があるけれど、一口また一口と止まらない。

底の方は鉄板に焼き付けられて焦《こ》げができている。石焼きビビンバのようだ。それを剝《は》がしながら、ビールで流し込むのは愉悦《ゆえつ》の極《きわ》みだった。

「すみません。追加でマッコリをお願いします」

奥に大きな声で注文した。

「今日は、助かったわ。祥子さんが来てくれて。あんなにお父さんたちが生き生き話すの、久しぶりに見た。やっぱり、若い女の人がいると張り切るの、父も母も」

ミカママが見守る中で両親がかわりばんこに風呂に入り、寝かしつけたあと、居間で二人きりになった。

今度はミカママがお茶を淹れてくれた。自分には眠りを妨《さまた》げない、優しい香りのハーブティー、仕事中の祥子にはコーヒーだった。さすが気の利《き》く人だ、と祥子は思った。

「私だけだったら、もっと追い詰められていたかもしれない」

「何かあったんですか」

祥子はまた、尋ねた。

「実はね、一昨日《おととい》の夕方、ヘルパーさんから連絡があったの。父が、足が痛いって言ってるって」

今度はすんなりと話し始めた。

「はい」

「それで、私はちょっと仕事があったから、兄嫁に連絡して、彼女が様子を見にきてくれたの。そしたら、父自身がもう痛くないから、大丈夫だって言ったらしいの。傷もないし、見た目にも腫《は》れたりしていないし。それで、安心してたら」

ミカママがハーブティーのマグカップの中を見つめる。祥子は言葉を待った。

「翌日の昼間、また、ヘルパーさんから電話があって、病院に連れて行ってくれましたか？　って聞かれたの。だから、兄嫁が見てきてくれて、こうこうだって説明したんだけど、とても痛がっているから、今日中に絶対、様子を見に行って、病院に連れて行ってくださいって強く言われて」

「はい」

「昨日の仕事をなんとか一件キャンセルして、夕方実家に向かっている途中で、また、ヘルパーさんから連絡が来て、『病院に行きましたか？』って聞かれて、今実家に向かってますって答えて。切ったら、今度はデイサービスの看護師さんから連絡があって、『ヘルパーさんから聞いたんですけど、お父様が足が痛いと言っているのに病院に連れて行ってくれないって本当ですか？』って」

ミカママは深いため息をついた。

「それで、実家に着いて、父に話を聞いたら、痛くないって言い張るの。父は病院が昔から大嫌いなのよ。痛みって目には見えないじゃない？　母まで父の味方をして、私のことを大げさだって言う。そこにまたヘルパーさんから電話がかかってきて、『明日は必ず、病院に連れて行ってください！』って言われた」

「大丈夫ですか」

祥子が尋ねたのは、ミカママの目がうるんで、涙がこぼれそうになっていたからだ。しかし、彼女はすんでのところで耐え、「大丈夫」と微笑んだ。

「足を触ったらその時は確かに少し熱を持っていた。明日、病院に行こうね、って言ったら、やっぱり行かないって言うの。だから、私、思わず、『私は仕事を休むのよ！　だから、行くと言ったら行くの！』って怒鳴《どな》っちゃって」

ミカママは片手で顔を覆《おお》った。

「今日、昼間、ここに来たら、父が『もう大丈夫だから、お前は仕事に行きな』って言うの。それでも、病院に連れて行ったら、『ごめんね、ごめんね』って何度も謝って」

さすがに耐えられなかったのか、顔を覆った手の隙間《すきま》から涙が落ちた。

「ヘルパーさんも看護師さんもよくやってくれてるだけ。本当にいい人たちだし。だけど、私はなんか追い詰められた気がして、つらくて」

「美香さん、よくやってると思う。仕事も家庭もあるのに」

祥子が一言言っただけなのに、ミカママはおいおい泣き出した。

「私は悪くないよね？」

「悪くないです。もちろん」

思わず立ち上がって、ミカママの背中をさすった。

「ぜんぜん悪くない。本当によくやってますよ。そうやって傷ついているのは、お父さんを大切に思っている証拠です」

「ありがとう、ありがとう」

そのまま、彼女をダイニングのソファに連れて行った。横になってもらって、毛布をかけて寝かした。

「私が起きてますから、お父さんが起きてこられたら足の様子も見てみますね」

「ありがとう」

「何かあったら起こしますから」

幸い、父親は一度、トイレに起きてきただけだった。病院でもらった薬が効《き》いているのか、足も痛くないようだった。


注文したマッコリが届いた。

「マッコリ」

テーブルに置きながら、店員が言った。

「ソーダで割ってもおいしい」

「マッコリのソーダ割り?」

祥子が聞き返すと、彼女はにこっと笑った。ここに来て、初めての笑顔だった。

「ありがとう。次にやってみる」

彼女の後ろ姿を見ながら、マッコリを口にする。薄甘く、わずかに酸味のある、ざらざらした舌触り。

――これこれ、最後に飲むと、なんかさっぱりするんだよな。

キムチチャーハンは鉄板をこそげて、米の一粒まで残さず食べた。

大満足の食事だった。

「家事でも介護でもない、見守り屋のサービス。何かわからなかったけど、来てもらってよかった」

ミカママは朝、そう言ってくれた。

どんなふうにブログには書かれるのだろう。

しばらく考えて、祥子は頭を振った。

――別にいいや。いつも呼んでもらってる人たちは、ブログとか見ない人ばかりだし。どんなふうに書かれても、私たちが変わるわけではないし。

マッコリを飲み干して、会計のために立ち上がった。

第四酒　稲荷町　ビリヤニ

「お前ね、労働しすぎ」

久しぶりに、社長の亀山と一緒にご飯を食べていた時のことだった。何気なく、最近行った仕事先のことを話していたら、そう言って苦い顔をされた。

「俺らの原則を忘れるな。ただ見守るだけ。起きてるだけ。それが仕事のはずだっただろうが。客に言われるままに掃除やら片付けやらしてたら、そこらの便利屋と何も変わらなくなっちまう」

社員が働きすぎだ、客に親切にしすぎだと怒る社長がどこにいるだろうか。

「だって。人の家に呼ばれて、向こうが片付けやら、老人の介護やら、引っ越しの準備やらしてたら、つい手伝いたくなっちゃうじゃないの」

「そうやって働いてたら、客も期待するだろう？　次呼んだ時も同じようにしてくれるって。今夜は見守り屋さんが来るから、部屋の片付けもお願いしましょ、とかさ。その時、たまたまお前に別の仕事が入ってて、代わりに俺が行ったらどうなる？　俺も当たり前みたいに『これやってよ』とか言われるかもしれないじゃないか」

心配はそっちか。

「とにかく、初心を忘れるな。働くな、動くな、見守るだけ」

初心、というのは、もっと尊い言葉かと思っていた。

「でも、お客さんが働いているのに、じっと見ているの、つらいんだよな」

思わず祥子がぼやくと、亀山が「だろ?」とどや顔をする。

「働く方が安易なんだよ。そこでじっと何もしない方が高度なの。そして、そのために俺らは呼ばれているの。働く方が正しいなんて思うな」

「変な理屈」

「一緒に手伝ってくれる人が欲しかったら、別の人を雇う。俺らはあえての、見守り屋なんだから」

「へりくつ」

そう言い返したけど、ほんの少し、彼の言うことも「一理ある」と思ってしまった。

だからだろうか、梅田直子《うめだなおこ》の家に行った時、高いところから「いいお茶を」と取ろうとする彼女の手助けをしなかった。棚に伸ばした手が菓子の缶に届いたり、遠ざかったりするのをはらはらしながら見守る。

「取りましょうか」

そう声をかけたのは、三回失敗したあとだ。

「いいの。息子たちにも、なんでも自分でやりなさいって言われているから」

直子は息を切らしながら、缶の中から緑茶と干菓子を取り出した。

ゆっくりだが、丁寧に茶を淹れる。その様子を祥子はじっと見ていた。

「さあ、どうぞ」

出された緑茶を一口すする。

「おいしいです」

「うちみたいな店は、お茶を出すのも大切な仕事だから」

直子は微笑んだ。祥子はこの町に降り立った時のことを思い出した。

地下鉄の駅から上がってくると、四方を仏壇屋に囲まれた交差点に出る。

仏壇屋の町だ、と思った。そして、直子の家もまた、仏壇屋だった。表通りから一本入ったところにある。

「うちなんかは小さい方よ。一番売れるのはお線香とかろうそく」

直子はすでに店を息子に譲っていたけれど、今でも店に立っているかのように説明した。

「あとは常連さんが来てくれるだけ。仏壇なんてそう買い換えるものでもないけど」

十年前、息子に譲ったところで店をビルに建て替え、二階を貸し事務所に、その上はマンションにした。その一室に直子は住んでいる。

「正直、店の売り上げよりも賃料でなんとかやってるの。息子たちは自分の家族と、少し離れたところにある別のマンションに住んでる。でも、毎日、通ってくるから顔を見ることはできるわね」

「理想的じゃないですか」

祥子はやっと口を挟んだ。そこまでよどみなく、直子が話していたからだ。

「ええ。ありがたいことだと思ってる」

口ほど感謝している表情ではなく、直子は言った。

その息子夫婦たちは子供も連れて、リニューアルオープンの十周年記念でハワイ旅行に行っており、直子は一人残された。心配だから一度見に行ってほしい、というのが「中野お助け本舗」が受けた仕事だった。

正直、直子の顔色や口調から、「きっと一人置いて行かれたことが不満なんだろう」と思っていた。その愚痴を聞くのなら、亀山の言う、「見守り屋」の初心にふさわしい。

とはいえ、愚痴を聞くのは身体を動かすより実は重労働だが。

「それなのに」と直子が言いかけた時、祥子は「来た」と思った。愚痴タイムに突入だ。

「それなのに、私に店をやっちゃいけないって言うの」

「は？」

思いがけない言葉を聞いて、間抜けな声が出てしまった。

「店よ、店。一週間休むって言うじゃない？　だったら私が開けておくわ、って言ったのに、息子たち……つまり息子と嫁だけど、いい、いらないって言うのよ。お母さんが一人で店を開けるなんて心配だって。何言ってんのよ。店のことは全部私が教えてあげたのに」

それからは予想通り愚痴のオンパレードだったが、祥子が思っていなかった方向だった。

「仏壇の値段をぐっと下げてね、量販店っていうの？　そういう感じにしたいんだって。そんなわけにいかないじゃない。ここには他にもお店があるのよ？　ずっと一緒に昔からやってきてるの。うちだけ安くするなんてできない。それにね、仏壇を通販で売るって言い出したの。さらに値段を下げてね。しかも、売りっきりなんだって。売ってそれだけでおしまい。違うのよ。仏壇っていうのは売ればいいってもんじゃないの。そのあとのアフターケアが大切なのよ」

「なるほど」

祥子は干菓子をつまみ、茶を飲んでうなずいた。

「あとね、新しく、シンプルな仏壇っていうの？　そういうの、問屋さんと一緒に開発し出したの。このくらい」

彼女は指で四角の枠を宙に描いて見せた。

「小さくて、白木《しらき》でできてて、外からはただの箱みたいに見えるの。で、お安いの。小さいのはいいのよ、昔からそういうのはあったから。でも、なんていうのかしらね、あのヨーロッパの北の方の」

「北欧《ほくおう》？」

「そうそう、北欧風のインテリアにもマッチする仏壇だって。それから、ほら、『無印《むじるし》良品《りょうひん》』ってあるじゃない？　ああいうシンプルな家具がある部屋にも。あたし、それはもう仏壇じゃないって言ったの」

ふふふと笑ってしまう。内心、息子さんたちはかなり頑張っているんじゃないか、と思ったが口には出さなかった。

最後に、直子は大きなため息をついた。

「まあいいわ。それはいいけど、私にはもう店番させないってひどくない？　一週間くらい、私でもできるのに」

「……開けてみたらどうでしょう」

「え?」

「今から……店を開けてみたらどうでしょう」

ふっとまた、亀山の顔が思い浮かぶ。店なんて開けてんじゃねえよ。お前、雇い主がダメだって言ってること、ばあさんにやらせてどうするんだよ、とおっかない顔で言われるに決まっていた。

けれど、軽く頭を振って、心の中の彼の顔を消し去る。

「どうせ、気づかれませんよ。夜中の仏壇屋さん、深夜の仏壇屋さん、いいじゃないですか。ほら、最近、そういうの流行《はや》ってるんですよ。深夜のパン屋さん、深夜の本屋さん……で、深夜の仏壇屋さん」

「深夜の仏壇屋?　深夜の仏壇屋?」

直子も、ぶつぶつとくり返しながら考えている。

「きっと、頭が変になったって思われるわ。『うめだ屋』さんのご隠居《いんきょ》はとうとう変になっちゃったんだって、周りの人に」

「いいじゃないですか。どうせ、今の時間はどこの店も閉めているんでしょう。誰も気づきません」

「まあね」

「店の開け方はわかってるんですよね？　鍵の場所とか」

「当たり前じゃない。全部、私が息子たちに教えたんだから」

もう一度同じことを言ったあと、しばらく黙っていたが、やがて直子は立ち上がった。

「そうね、開けちゃおうかな」

「やりますか」

二人でそっと階段を下り、裏口の鍵を開けて店内に入った。直子は手慣れた様子で電気をつけ、品物を覆っていた白い布を取った。祥子も手伝う。

——許せよ、亀。

「さあ、開けるわよ」

直子はシャッターをがらがらと開けた。深夜の町に、驚くほど大きな音が響き、思わず、二人で首をすくめる。

線香のガラスケースの前に椅子を置いて並んで座った。そしたらなんだかおかしくなって、くすくす笑いが止まらなかった。

本当に誰も来ない。

「やっぱり、誰も来ないわね」

「来ないですねえ」

「まあ、いいわよ。こうしているだけで楽しい」

店の中はお香《こう》のいい香りがした。

「うちはね、特注の線香を作っていて、いつも焚《た》いているの。白檀《びやくだん》の中に伽羅《きやら》を多めに加えているから甘さがあるのね」

「普通に家でお香として焚いていたいような、いい香りですねえ」

店には、キャラメルやミルキー、日本酒の香りがするろうそくもあった。

「最近はそういうのが売れるのよね」

「かわいくていいですね」

きっとこのまま、夜が明けると思っていた。けれど、そうはいかなかった。

仕事終わりに直子の家の仏壇屋を出て、上野《うえの》駅方面に歩いた。帰りは上野から帰ってみようと思っていた。

――何を食べようかな。

チェーン系の定食屋や牛丼屋などが並ぶ店先を迷いながら抜けると、とたんに、食べ物屋が少なくなった。

――やば。このままだと上野に着くまで店がなさそうだ。戻って、今の牛丼屋にするかな……ちょっと味気ないが。

ふと前を見ると、女性二人、男性二人が立っている。何かのレストランに並んでいるようだ。

近づくと、間口の狭い店の前に料理のカラー写真が入った立て看板があって、インド料理店だとわかる。

店名に、ビリヤニ、の文字が記《しる》されていた。並んでいる人がいなかったら、うっかり通り過ぎてしまいそうな入り口だった。

――ビリヤニって……確か、インドの炊き込みご飯だった気がする。

短大時代に、親の転勤でシンガポールに引っ越した高校時代の友人を訪ねた時に食べた記憶がかすかにあった。カレーの屋台で、白いご飯と、ビリヤニのどちらかを選べた。友人が「ビリヤニの方がおいしいんだよ」と教えてくれて、祥子もそれを選んだ。

――あれ以来の、ビリヤニ。こんなところで出会えるとは。しかも、これだけ並んでいる店なら失敗はあるまい。ここにするか。

いそいそと、男性二人組の後ろに並ぶ。

――カレーって不思議。ここに来るまでカレーの気分じゃなかったのに、一瞬で気持ちを変える魔力がある。

開店時間を数分過ぎたところで店が開いた。想像していたより、中は広い。祥子は中ほどの二人掛けのテーブルに案内される。

すでにランチのメニュー表が置いてあった。ページのトップに、スペシャルランチサービスとして、ビリヤニのセットがあった。

チキン、ラム、野菜から選べて、スープとサラダ、飲み物が付く。

――これこれ、もちろん、私はビリヤニ。

しかし、ちょっと目を下げると、「ニハリ」という聞き慣れないラムカレーのセット、バターチキンカレーのセットがある。さらにページをめくれば、「ウエチェンナ　マムサムセット」、「香辛料たっぷりのチキンレバーセット」、「コリアンダー風味カレーセット」、さらにさらに次のページにはこの手のカレー屋に必ずある「三種類のカレーランチ」「タンドリーチキンセット」「アフガニラムチョップセット」「サヒファセット」など。

――魅力的な「セット」の洪水だ。うえちぇんなまむさむ、って何？　香辛料たっぷりのレバーも食べてみたい。アフガニラムチョップってアフガニスタンのラムってこと？

迷っている間にも、一緒に入った二組の注文が終わり、祥子の元にインド人らしい男性店員が近づいてくる。他の客たちは、全員「三種類のカレーランチ」だ。確かに、六種類のカレーから選べるセットは魅力的、かつ、コスパが高い。

祥子は六種類のカレーにも目をやる。チキンカレーなどの一般的なもののあとに、ニリギリキーマカリコルマ、というラムとチキンの合い挽き肉のカレーなどがある。

——普通のインド料理の店と違う！　ただのカレーランチじゃない。食べたことがないものばかり。やっぱり、三種類のカレーが正解なのか。でも、ニハリってやつ、ビリヤニの下にあるんだから、きっとこの店の自慢料理なのだろう。

男性店員が、こつこつ足音を立てて祥子の前に歩いてくる。

——ああ、どうしよう。カレー全部食べたい。

「何にしますか」

「ビリヤニセットください」

内心の動揺など表に出さず、祥子はにっこり笑って言った。

——ここは初志貫徹《しょしかんてつ》だ。やっぱり。

「ビリヤニの種類は」

「ラムで。あっと、それから」

きびすを返して戻ろうとする彼を呼び止める。

「ビールありますか。インドのビール」

「はい、瓶《びん》のやつ、ある」

彼は指と指を広げて、二十センチほどの大きさを示した。

「二種類ある。キングフィッシャーとゴールデンイーグル」

「どちらがいいかしら。おすすめは？」

「キングフィッシャーがおいしい」

きっぱり。まったく迷いなく、きっぱり。

「じゃあ、それを」

彼はうなずいた。

しばらくすると、サラダとビールを持ってきてくれた。

サラダは平皿にこんもりと盛られ、付け合わせにしては量がある。ビールは冷えたグラスに、店員が一杯目をお酌《しゃく》してくれた。

「ありがとう」

ビールを一口飲む。さらりとした軽い味のビールだ。日本のビールにもよくある、癖《くせ》のないタイプ。

——さっぱりして飲みやすい。カレーにも合うだろう。蒸し暑いアジアのビールらしい。

サラダにはレタスの上に、粉唐辛子の入ったドレッシングで和えたニンジンやキュウリと水切りした豆腐がのっていた。

――こういう場所のサラダって、レタスに千切りキャベツにごまドレッシングがかかっているありきたりなのが多いけど、これは手が込んでいるな。

おそるおそる、真っ赤に染まったニンジンを口に入れる。見た目ほど辛くない。

――おいしい！　これはビリヤニも楽しみだ。

周りの客には次々と、カレーやナンが運ばれている。カレーの方が早いらしい。ビールを飲みながら、思わずきょろきょろしてしまう。

――いいもん、私はビリヤニ食べるんだから。

そして、祥子がサラダを食べ終わった頃、やっとビリヤニが運ばれてきた。

「ビリヤニ、お待たせしました」

「うわ」

小さく声が出てしまうほど、大きい。大皿に山盛り、黄色とオレンジに染まったご飯があって、その中に濃い茶色のラムが埋め込まれている。米はタイ米だ。

――うちの一番大きなボウルにビリヤニを詰めて、それを逆さまに皿に落としたくらいの量だ。

生のタマネギとトマトがのっていたのを脇に寄せて、まずは一口、ビリヤニを口に入れた。

——辛い、意外にしっかり辛い。でも、辛すぎない。これはおいしい！

すぐに、ラムを掘り出して、かじりつく。軟らかく煮込まれていて、でも、旨みもしっかりある。ラムとご飯を一緒に噛みしめたら、さらにうまい。

——見た目のボリュームに驚いたけど、タイ米は軽いし、全部食べられそうだ。

すごい勢いで、味付きの米、ラムを咀嚼《そしゃく》し、ビールを流し込む。じっとりと汗ばんできた。

ふと、脇に添えられたヨーグルトに気づく。小さなデザートかと思っていたが、よく見ると、赤い香辛料が振られている。

——あ、これ、デザートのヨーグルトじゃないのか、もしかして。

口に入れると、酸味しかしない。ただのヨーグルトだ。

——じゃあ、ビリヤニにかけるのかな。

そっとスプーンですくって、ビリヤニの端《はし》っこに混ぜてみた。

——こうすると、辛みが抑《おさ》えられる。それに、わずかな酸味がまた、別の旨さを引き出してくれる。中華料理に酢をかけて味変《あじへん》するようなのとちょっと似ているかもしれない。

ビールと一緒にラムだけを食べてもおいしい。

また、ふっと皿の脇に付いているものを見つけた。

——梅干し……？

ちょうど、見た目が梅干しのかけらにそっくりなのだ。赤くて、丸い。

おそるおそる、端っこをかじってみる。

強烈な酸味と塩味、でも、梅干しと違うのは、唐辛子の辛さと爽《さわ》やかさが同時に襲ってくることだ。

——これ、もしかして、レモンか何か柑橘《かんきつ》類じゃないか。レモンの皮を唐辛子と塩で漬けたものかも。これまた、おいしい。かなり好きな味だ。インドの漬け物のような感じかしら。

最後の一粒まで、まったく飽《あ》きることなく食べ終えた。

東の空がほんのり赤らむ頃まで、客は一人しか来なかった。三十代ぐらいの、スーツ姿の男がふらっと入ってきて、店内を見て回ったあと、線香を一箱買って行った。

「やっぱり、お線香しか売れないわね」

「まあ、夜中の仏壇屋さんはまだ周知されてませんからね」

「しかたないのかしら」

途中からは、祥子のスマートフォンで、ラジオの深夜放送をかけながら店番した。直子は夜中なのにしゃっきりしていた。

「つらくなったら、いつでも言ってくださいね」

「歳取ると、夜はそんなに無理して寝なくてもいいのよ。昼間いくらでも時間があるし」

そんなことを言い合ったり、ラジオから流れてくる曲に耳を傾けていると、朝五時を過ぎた頃、ふらりと女性が入ってきた。

「いらっしゃいませ」

二人で声を合わせて言ったとたん、顔を見合わせてしまう。

どうしたんでしょう。お客様かしら。お互いの顔に同じことが書いてあった。

女性は四十代半ばから後半くらい。トレンチコートを着て、質のよさそうなバッグを提《さ》げ、仏壇の前に立っていた。裕福なキャリアウーマンに見えた。

熱心と言えば熱心だが、ぼんやりと言えばぼんやり。そんな感じで彼女は仏壇を眺めていた。

服装や髪形は整っているけど、なんだかさみしそうな背中だな、と祥子は思った。

五分ほど過ぎた頃だろうか。隣に座っていた直子が、すっくと立ち上がった。

「何かお探しですか？」

女性の隣に立って、尋ねる。

「あ」

　彼女は今初めて気がついたように、直子を振り返った。

「何かお探しですか？　お手伝いしましょうか」

　背の低い直子は、女性の顔を下からのぞき込むように見た。

「探している、というほどでもないんですが」

「いいんですよ。ではお好きなように見て行ってください」

　直子は微笑みながら、うなずいた。

「あの」

「はい？」

「こういうのを置くのはやっぱり、中に位牌《いはい》というか、そういうものが必要なんでしょうか」

　いったい何を言うのだろう、と祥子は思った。位牌があるから仏壇を買うのではないか。

「まあ、位牌を置く方がほとんどですわねえ。というか、位牌があるから、その置き場所として購入されるんですよ」

　やっぱりそうか、と祥子も小さくうなずく。

「でも、なかったらなくてもいいんですよ」

おっとりとした口調で、直子は言う。

「え、いいんですか?」

「大切なのは亡くなった方を思う気持ちですから。位牌がないなら、仏壇の中に故人様の思い出の品なんかを置いてもいいんですよ。お好きなようになさればいいんです」

「そうなんですか……実は父が亡くなって」

しばらく、彼女は言葉を切った。けれど、直子は次の言葉が出てくるのを、にこやかに待っていた。

——なんか、違う。直子さん、上の部屋にいた時とぜんぜん違う。背筋が伸びて、でも、穏やかで……。

「今、実家で母と一緒に父の遺品を整理しているんですけど」

「ええ、ええ」

「母はなんだか投げやりな感じで、父のものを全部どんどん捨ててしまうんです。私も手伝っているんですけど、なんだかやりきれなくて」

「お気持ちは家族でもそれぞれだから」

「ものがなくなってしまったら、どんどん寂しくなっていって。でも、母に言ってもわからないみたいで。父と母はもともとあまり仲がよくなかったものだから。遺品を片付けながら悪口ばかり言うし」

「……そうですか」

「位牌は実家にあるので、うちにはないんですけど、私のところにも仏壇を置いたらどうかなってふと思ったんです。でもそんなことをしていいのか、誰かにお尋ねしたくて……今日はオンラインで海外との取り引きがあってこんな時間になってしまったんですけど、タクシーで通りかかったら、ここが開いていて、びっくりして停めてもらいました」

「まあ、ありがとうございます」

直子は深々と頭を下げる。

「位牌はなくてもいいですし、位牌分けといって複数作る方法もあるんですよ」

「そんな方法があるんですか！」

「ええ。地方によっては子供の数だけ位牌を作る場所もあります」

「そうなんですか」

「お母様とご相談なさったら」

「ええ」

彼女の表情が少し沈む。そんなことを気楽に相談できる関係ではないのかもしれない。

「でも、もちろん、先ほども言ったように、お父様のものを置いていただいてもいいんです。自分のために、娘の部屋に仏壇を置いてもらえるなんて、お父様、お喜びになるわよ」

「喜ぶかしら」

「ええ」

直子はすっと指さした。

「こんなのね、今、若い方に人気あるのよ」

彼女の指した方向には、さっきさんざん腐《くさ》していた、息子がプロデュースしたシンプル仏壇があった。

――直子さん、あんなこと言ってたのに。

思わず、ニヤニヤしてしまう。

「あら、これなら私のマンションの部屋にもいいわ。おしゃれだし、小さいし」

「でしょう? お客様のお部屋はきっと素敵なんでしょうね」

そして、シンプル仏壇をじっくり見始めた女性に言った。

「仏壇をお部屋に置いていただいたら、これから思いっきりお父様と二人きりでお話しできるわね」

女性の感情が崩壊した。うわあ、というような声を上げて直子の肩に突っ伏し、泣き出したのだ。

直子はその肩を優しくさすった。

――さすが、仏壇一筋五十年の接客は違う。

泣きやんだあと、女性はカード一括払いでシンプル仏壇を注文し、ご本尊《ほんぞん》のほか仏飯《ぶっぱん》器《き》、花立て、線香差し、香炉《こうろ》……といった小物のたぐいも言われるままに購入したのだった。すべて合わせると、結構な額になった。

「どうしよう。これじゃ、店を開けていたこと、さすがにばれるわね」

直子は肩をすくめた。

「ですねえ」

「まあ、しかたないわよね。買いたいって言うんだから」

「仏壇屋ってなんと言うか……素敵な商売なんですね」

祥子は思わず言った。

「今までお世話になったことがなかったから、気がつかなかったけど、人の生き死にに関わることなんですね」

「そう。お客様からはああいう話を一通り聞くのよ」

「確かに、通販じゃ味気ない」

「でしょう」

「でも、あのシンプルな仏壇もいいじゃないですか。あれがあったから、あの人、すぐに購入を決めたんだと思いますよ」

「まあ、認めたくないけど、そうね」

口ではそう言いながら、直子の顔は晴れやかだった。

――あれで、息子さんたちとお互いに尊重し合えればいいのに。直子さんの接客、声をかけるタイミングとか、見事だった。

祥子は皿に残った米粒をさらい、最後の一滴までビールを飲み干した。

――さあ、私も帰ろうかな。

レジに立つと、男性店員がお会計をしてくれた。

「おいしかった?」

お金を渡すと彼が尋ねた。

「おいしかった。また来ます」

次は、カレーを食べたいな、と思いながら、「絶対来ます」ともう一度言った。

第五酒　新宿御苑前　タイ料理

ふわふわでくちゅくちゅで柔らかく、自分の体温よりちょっと熱い。そして、ミルクのいい匂いがする。それは小さな小さな生き物だった。

彼女と対峙《たいじ》した時、思いがけない感情がわき上がった。

素直に嬉しかった。

そして、祥子にはめずらしく、感情が高まった声が漏れ出てしまった。

「うわあっ」

自分から手を出して抱き取った。自然に身体が動いてあやしてしまう。

「よかったあ」

その声に顔を上げると、目の前の桂木瑠衣《かつらぎるい》がほっとした顔をしていた。

「どんな人が来るかとヒヤヒヤしてたんだ。お母さんだって聞いてたから、ある程度は安心してたけど」

「赤ちゃん、久しぶりだから、なんだか懐かしくて」

答えながら、すぐにその「温かくて柔らかい生き物」に目を吸い寄せられてしまう。

今夜の見守り相手は、この子だった。瑠衣がほんの三ヶ月前に産んだ乳児、芽衣《めい》だ。

「祥子さんのお子さんはいくつ？」

瑠衣は早速、鏡に向かい、メイクをしながら聞いてきた。

「十歳です」

祥子は芽衣の顔をのぞき込みながら答える。

「いいなあ。うちも早くそのくらいにならないかな」

「でも、このくらいの小さい赤ちゃんを見ると、やっぱりかわいいなあ、って思う。電車の中とかでちょっと抱かせて、って言いたくなることもあるの。育てている時は本当に大変だけど、自分の子供が大きくなると、また、恋しくなるのよね」

自然に口調が軽くなる。それも祥子にはめずらしいことだった。

「あたしも、そういう時が来るのかしら」

瑠衣は目の下にファンデーションを重ねながらつぶやいた。

「きっとね」

「本当は育休中なんだけどね、お店の人以外には子供のこと話してなくて。昔お世話になった大切なお客さんが来週、海外に発《た》つのでお別れ会があるの。どうしても会ってお礼を言わなきゃいけなくて。ごめんね」

祥子のことを雇ったのは瑠衣なのに謝ってくれた。

「いいの、いいの。これが仕事だもの」

「今夜出勤したら、ボーナスも付けるっていうからさ。祥子さんにも多めに払うから」

祥子は曖昧に微笑んだ。

「今夜、急に子供の世話をしてほしいっていう依頼が入った」

そんな電話が社長の亀山から来たのは、もう夕飯を食べ始めた時間だった。

「子供?」

納豆ご飯を食べていた祥子は口をもぐもぐ動かしながら答えた。

「子供って言っても、乳児。三ヶ月なんだって。キャバクラ嬢がどうしても夜の間子供を見ててほしいって言うんだよ。乳児だからいろんなところに連絡しても全部断られて、ネットでうちを見つけたらしい」

「三ヶ月……」

思わず、口ごもる。

三ヶ月の乳児の面倒を一晩みるのはさすがに怖い。でも、母親が切羽詰《せっぱつ》まっているのだろうということはよくわかった。役に立ちたいのはやまやまだが、責任が持てないと思った。それに、急に頼んできた、というところもあまりいい予感がしない。

「育児経験者がいるって教えたら、料金は倍以上出すって言い出してさ。一応、相談するって電話を切ったんだ」

「正直、自信ないなあ。何か大事《だいじ》があったらいけないし、赤ちゃんて、すぐに熱が出たり……ケガしたりするしね」

「だよな、こちらも責任持てないよ、とは言ってある。もしも、何かあってもこちらは責任取れませんっていう念書を書いてもらいますよ、って」

それでもお願いしたいと、泣かんばかりに頼まれたそうだ。

とはいえ、本当に事故でも起き、警察が関わるような大事《おおごと》になったら、やっぱり祥子は責任から逃れられないだろう、と思った。

けれど、そこまでして頼みたいということは、あちらにもそれなりの理由があるのだろう。

「本当に、責任は取れないと言ったのね？」

「うん」

「じゃあ、行ってみるわ」

会ってみて、どこかおかしなところがあったら、帰ってこようと心に決めた。

ずいぶん迷ったけれど、こうして赤ちゃんを目の前にすると、やっぱり来てよかったと思う。

瑠衣は地方から一人で出てきて、「いろいろあった」のち、キャバクラに入り、歌舞伎《かぶき》町《ちょう》のナンバーワンにまでのし上がった。ほぼ一年前に子供ができて、お腹が目立つようになる臨月《りんげつ》ぎりぎりまで働いて、病院で出産した。

芽衣の父親については最後まで言わなかった。

「全部一人でやったの」

さらりと言った言葉にすべてが詰まっている気がしたが、そこに込められているものが彼女の「自負」なのか「自己憐憫《れんびん》」なのか、祥子にはわからなかった。振り返った時には無表情でマスカラを塗っていた。

瑠衣は髪だけ残して化粧を終えた。髪は店に行く前に美容院に寄ると言う。

「おっぱいは搾乳《さくにゅう》して冷蔵庫に入れてある。湯煎《ゆせん》で温めろっていうけど、あたしも電子レンジでチンしちゃう時もあるから、それでもいいよ。紙おむつは……」

瑠衣は口早に説明した。

「あたし、できるだけ早く帰るつもりだけど、朝になっちゃうかも。それから」

「大丈夫、だいたいはわかるから。それに、ちゃんと湯煎で温めるね」

「ありがとう」

瑠衣は芽衣にキスして、何度も振り返りながら出て行った。


朝、新宿一丁目にある瑠衣の家を出たのが八時前だった。

乳児の面倒をみるのは久しぶりで、気持ちは高揚《こうよう》していたが、駅まで歩いていると自分が思っているよりも疲れているのに気づいた。

——やっぱり、気が張っていたのかもな。事故は起こせないし、ずっと立ちっぱなしで抱いていたし。

腰が重い、お腹も少し減っている。どこかでワンクッション置いて、自分の部屋に帰りたいと思った。

しかし、新宿といえども、この時間に開いているのはやはりチェーン系カフェくらいのものだ。

どこかにうどん屋でもないか、ときょろきょろしながら歩いた。それとも、カフェでサンドイッチでも食べるか。新宿駅まで行けばよく行くカフェ&ビアバーが開いているに違いない。

——新宿駅まで歩くかな。でも、ここからだとちょっと距離がある。

ふと、かわいらしい小さな看板を見つけた。タイ料理店のようだった。
激辛ラーメン、タイラーメン、ガパオライス、あっさり朝フォーなどの文字が躍《おど》ってい
る。
——あ、フォー、いいかもしれない。フォーをさらっとすすって帰るか。
おそるおそる、扉を開けて入った。
店内は、テーブルが鮮やかなピンク色をしているだけでなく、全体がピンク色を基調に
したインテリアだった。もともとスナックだったのを、そのまま居抜きで使っているのだ
ろう。カウンターといくつかのテーブル席があった。
真ん中のテーブルに所狭しと並んでいる、いい色に仕上がった半熟の目玉焼きに目を奪
われた。
——ガパオライスとかの上にのせるための目玉焼きかな。それにしても数が多い。
「いらっしゃいませ」
「一人です」
片隅のテーブルを指して「いいですか?」と店員さんに目で問うと、「どうぞ」と声が
返ってきた。
メニュー表を広げる。外にかけられた看板よりも、メニューが多い。タイラーメン、ト

ムヤムクンラーメン、フォーといった一品料理だけでなく、サラダを始めとした一品料理がびっしりと並んでいる。そのほとんどは三百九十円だ。アルコール類もさまざまな種類があって、三百円台、四百円台だった。

――うわあ、朝からこれは嬉しい。めちゃくちゃ迷う。

最初はフォーでもすすって帰ろうと思っていたけれど、どんどん「飲み」の気分に自分が染まっていくのがわかる。

――カオマンガイ、ガパオ、グリーンカレーはミニサイズもあるのか。しかも、どれも三百九十円。これなら、別におつまみとかサラダとかも食べられそうだ。揚げ卵のサラダってなんだろう？　初めて聞くタイ料理だ。

いくつか目をつけたあと、アルコール類のページをじっくりと見る。

――ビールは生とシンハーとチャーンか。パクチーレモンサワーっていうのも惹かれるなあ。少しはタイっぽいものが飲みたい。あ、でも、パクチーはダブルのみ、ね。飲みきれるかなあ。

「すいません！」

カウンターの中で作業をしている女性に声をかける。手に弁当用のプラスチック容器を持っていた。それで、店中央に並んだ目玉焼きが弁当用だとわかった。

「どうぞ！」

「ヤムカイダオ（揚げ卵のサラダ）とミニカオマンガイ、ください。それから、タイ茶ハイ」

「タイ茶ハイはシングルですか、ダブルですか」

「シングルで！」

注文が終わると、まずは飲み物が出てきた。

タイ茶ハイは、ウーロンハイと同じような見た目だった。シングルなので、ジョッキではなく、グラスで出てきた。

――ちょうどいいわ。疲れている朝に飲むにはこのくらいの大きさがぴったりだ。味はウーロン茶よりも、濃いめのプーアール茶という感じ。

ジャーッと何かを炒める音がして、しばらくすると、直径十センチほどの皿に山盛りのサラダが来た。カリカリに揚げた卵が野菜の上に散らしてある。

揚げ卵と野菜を一緒に口に入れてみた。

――あ、おいしい。ナンプラーを使った、甘酸っぱいタイのサラダドレッシングの味がする。でも辛くない。パパイヤのサラダから辛みを抜き取ったみたいな味だ。

サラダは千切りしたキャベツにタマネギにセロリ、そして、パクチーが上にのっている。セロリがいいアクセントになっていた。

食べ進めると山が小さくなってきたので、底に少したまったドレッシングと卵、野菜全体をよく混ぜ、頰張《ほおば》った。

「あ」

小さく声が出てしまうほどの衝撃だった。

──混ぜると、味がぜんぜん変わるんだ。

もともとおいしいサラダだった。それが、混ぜただけですべての具材が渾然一体《こんぜんいったい》となり、馴染《なじ》み、一段、いや、何段も上の味となる。

──これはうまいわ。バランスだ。野菜の選び方、切り方、処理の仕方、そして、ナンプラー、カリカリの卵……味とテクスチャー、香り、すべてが絶妙のバランスだ。

カオマンガイが出てくる前に、タイ茶ハイを飲み干してしまいそうだった。

瑠衣は夜中の二時を回ると帰ってきた。

久しぶりの出勤で少し興奮していたのか、顔が紅潮していたが、アルコールが入っているわけではない、と祥子はすぐにわかった。それでも、さりげなく確かめる。

「お酒、飲まなかったの？」

「うん。さりげなくごまかした。もともとあまり飲める方じゃないし、他の子がうまくヘルプしてくれたから助かった！　お祝いのシャンパンもちょっとなめただけ」

ベビーベッドで寝ている我が子の顔をのぞき込んだ。

「泣いた？」

祥子は苦笑した。

「最初はよく眠ってたんだけど、やっぱり一時間くらい前かな。起きちゃってね。おっぱい飲ませてもしばらく泣きやまなかった」

「ごめんねえ」

瑠衣は顔の前で手を合わせて、拝むようにした。

「大丈夫、大丈夫。芽衣ちゃん、泣き声がまだ小さいでしょう。ああん、ああんって本当にかわいくて。なんだかやっぱり、懐かしくなっちゃった。ああ、こんなふうに何度も起き出して抱いたなあって」

「やっぱ、ベテランママさんは違うなあ。余裕って感じ」

瑠衣はまた、ベッドをのぞき込むと、「あたしは余裕ない」とつぶやく。

「余裕なんてなくて当たり前だよ」

「そうかな」

「私だって一人育てただけだもん。夫の親と同居してたし。まあ、それはそれで大変だったけど」

「だよねえ」

瑠衣はバッグを引き寄せると、財布を開いて何枚かの札を出した。

「ありがとう。本当に助かった。もう帰ってもいいよ。タクシー代も出すから……」

祥子は瑠衣の顔を見た。美しい顔だった。女優やタレントになってもおかしくないくらいの美貌《びぼう》だ。でも、ほんの少し化粧がよれている。まなじりのアイラインがぼやけていた。

そして、疲れきっていた。

「まだ時間あるし、朝まで寝たら？　私は時間内ならかまわないから」

瑠衣はじっと祥子を見つめた。

「いいの？」

声が震えている。

「いいの、いいの。どうせ始発までいさせてもらおうと思ってたくらいだから」

ありがとう、の返事はかすれていた。

五時間まとめて寝られたのは、出産後初めてかもしれない、と去り際に瑠衣は言っていた。

「カオマンガイです」

とん、とテーブルの上に置かれたのは小どんぶり、というか、少し大きめの茶碗にこんもり盛られた鶏肉とご飯だった。

——カオマンガイって、シンガポールのチキンライスのようなものだろう。蒸してあるのかな、鶏肉が肉厚だ。

みっちり分厚い、鶏のもも肉を一口かじる。軟らかく、ジューシーな火の通し加減が素晴らしい。

——短大時代、友人にシンガポールでいくつも名店に連れて行ってもらったけど、これはそれにまさるとも劣らない。

上にかかっている、甘酸っぱいタレもよく合う。

そして、そう大きな期待もせずに下のタイ米のご飯を一口食べた。

——うわ、なんだこれ。

改めて、その米をまじまじと見つめてしまう。

——見た目は普通のチキンライスなのに、こんなおいしいタイ米、食べたことない。米の種類が違うんだろうか。硬いわけじゃないのに、噛みごたえがしっかりあって、もっちりして、もちろんチキンの味はちゃんとして。もしかして、糯米を使っているのだろうか。なんにしても、これは本当においしい。

ドアが開いて、客が入ってきた。スーツを着た、大柄のビジネスマンだ。手にアタッシェケースを持っている。ただ、薄い色のサングラスをかけているのと、スーツの形が、ほんの少し、堅気《かたぎ》と違う。

「お食事ですか？」

店の女性が声をかける。

「いや……ちょっと……飲みたくて」

「そちらのテーブルに、どうぞ」

男性はいそいそと席に着くと、「まず生ビール」と言った。

――ビジネスマンだって、朝から飲みたいことあるよね。

彼がジョッキのビールをしみじみと楽しんでいるのを見て、祥子ももう少し飲みたくなってきた。シングルサイズのタイ茶ハイはほぼ飲んでしまっていた。

「すみません！　タイのビールもらえますか。チャーンビールで」

迷わず瓶ビールを追加してしまう。

「どうぞ」

瓶のまま、どん、とテーブルに置かれた。

――いいねえ、このスタイルがいい。

残ったサラダとカオマンガイをつまみにビールを飲む。

――ここの店、また来るだろうなあ。近所に見守りに来たら、絶対。瑠衣もまた頼んでくれるって言ってたし。まあ、わからないけど。

帰り際、瑠衣はおそるおそるという感じで、「またお願いしてもいいかな」と言った。

「もちろん。こちらも仕事だもの、遠慮なく」

「ありがとう」

「大丈夫？　ちゃんと、食べられてる？　寝られてる？」

「……お金はいっぱい貯めたの。この子産む前に頑張って働いたんだ。だから、一年くらい休んでもいいくらいのお金はあって、大丈夫だと思ってたんだけど」

瑠衣は薄く笑った。

「働かずに家にいられるからいい、ってわけじゃないんだね。あのね、ごめん」

「何？」

「仕事が終わったあと、ほんの少し寄り道しちゃった。祥子さんには悪いんだけど」

「一人きりになったの久しぶりで。ただ、新宿の町をぶらぶら歩いてきただけなんだけどさ」

「いいのよ」

「本当になんか、ほっとした」

「うん」

祥子は小さな声で、「ご両親には頼めないの？」と尋ねた。瑠衣は首を横に振っただけだった。

ＬＩＮＥアドレスを交換し、「いつでも呼んで。行政の方にも相談してみたら。何かシングルマザーを助けてくれる制度があるはず」と提案せずにいられなかった。

男性はすぐにジョッキを飲み干して、おかわりとおつまみを頼んでいた。

――あの人、一見、普通のサラリーマンに見えるけど、ここは新宿。もしかしたら、一仕事終えた「殺し屋」とかかもしれない。もしくは、あぶない仕事を終えたマフィア？リアルなところなら、大きな契約を決めた不動産業者とか。

彼の身元をあれこれ想像して楽しんでいると、がやがやと数人の男性が入ってきた。

「こんにちはー」

口調と語尾で新宿二丁目から流れてきた男たちだとすぐにわかった。

――そっか、ここ、二丁目からすぐだもんな。

「あ、今、ちょっと」

店員が店内を見回して言った。彼ら全員が座れるような場所はない。

「座れるとこ、ないかもー」

祥子は店員に軽く手を上げた。

「もう、出ますよ、ここ」

手早く荷物を片付けて、勘定《かんじょう》を払った。

「すみません。まだお飲み物あるのに」

祥子のビールはまだ三分の一くらい残っていた。

「いいえ、そろそろ、帰ろうとしていたので」

忙しそうに弁当を作っていたのに、ちゃんと見てくれていたんだな、と思う。

「やだあ。今日、一般人ばっかりだよ！」

若い男が大きな声を出し、「そんなこと言うなよ」と少し年長の男がたしなめた。思わず苦笑してしまう。

――私も、一般人にカウントしてくれるのか。

「すみません」

「ありがとー！」

出入り口で彼らに口々に礼を言われて、笑顔で店を出た。少し騒がしいけど、気のいい若者ばかりだった。

地下鉄丸《まる》ノ内《うち》線の新宿三丁目の駅の方に歩いていると、スーツ姿の人たちがたくさん歩いていた。その流れをさえぎるように、酔っ払いの男が二人、ふらふらと歩きながらタクシーに手を上げている。

さまざまな人が行き交う新宿。きっと瑠衣たちは、これからもこの町で生きていくのだろうと思った。

第六酒　五反田　朝食ビュッフェ

明け方、祥子は依頼人が寝ている脇で本を読んでいた。

依頼人の家で本を読む時は、いつも持ち歩いている小さな読書灯をつける。このくらいの光量ならほとんど周りに影響はない。

彼女の願いは「寝ている間、ずっと起きていて、側にいてほしい。そして、時々、寝顔を見てほしい。それ以外は何をしていてもかまわない」ということだったから、本から目を上げてベッドの中をのぞき込んだ。

ふわふわと波打つ長い髪を広げて、手を組んで眠っている彼女を見ていると、白雪姫《しらゆきひめ》を見守るこびとたちの気持ちってこんな感じかな、と思う。もちろん、人は寝ている間、かなりの回数、寝返りを打つから、ずっとお姫様みたいに姿勢よく寝ているわけではない。でも、今は仰向《あおむ》けに眠っているからそう見える。さらに、彼女は豪華なセミダブルベッドで、ひらひらしたレースがついた寝具を使っているから、よけい、お姫様感が強い。

彼女は一年ほど前から一ヶ月に一度くらいの頻度《ひんど》で祥子を呼んでくれている、二十代の女性だ。なぜ、ただ寝顔を見守らせるために呼ぶのか、まったくわからない。最初にそう要求して以来、それはその後も変わらない。彼女からはほとんど話しかけてこないし、祥子にも尋ねる隙を与えない。十回以上、この部屋に来ているのに、彼女のことが一切わからない。

そこにLINEが入るかすかな音がして、社長の亀山かと思って見ると、角谷からだった。

〈五反田《ごたんだ》のホテルに泊まっています。仕事が終わったら来ませんか〉

そして、ホテルの名前と住所が書いてあった。

驚いて見直した時に、彼女が寝返りを打ったので、慌ててスマホをポケットにしまった。彼女を見ると壁の方を向いていて、起きる様子はなかった。それでも、しばらく動悸《どうき》が止まらなかった。

彼女が寝返りを打ったからなのか、角谷のメッセージのせいなのか。

数日前から彼が東京に来ているのはわかっていて、どこかで一度会おうという約束はしていた。祥子の予定は伝えてあり、今日は朝まで仕事だが、そのあとは空《あ》いている、ということを向こうは知っていた。

——でも突然、ホテルなんて。そんなことを言われても。

角谷の方は祥子の予定を知っているが、こちらには何も知らされていなかった。彼は必ず、「いつ、空いていますか？」と聞いてきて、祥子が答えると、「自分は〇日と〇日の〇時に合わせられます」というように返答してきた。彼が他の時間、何をしていて、どこにいるのか、他に空いている時間帯はあるのか、一切わからなかった。

——もちろん、聞いたら教えてくれるのかもしれないけど……彼にはどこかそういう質問をさせないところがある。いや、それは私の勝手な思い込みなのかもしれない。

気がつくと小さなため息をついていた。

その気配を感じたのか、お姫様が「ううん」とうなって目を覚ましそうになった。

「ごめんなさい、起こしてしまいましたか？」

祥子が尋ねると、それには答えず、目を閉じたまま「今、何時？」と聞いた。

「六時過ぎです。まだ一時間は眠れます」

彼女が起こすように指定していたのは、七時だった。

祥子の言葉には答えず、お姫様はまた永遠の眠りについた。

〈今、仕事先を出ました〉

彼女の部屋を出てエレベーターに乗ったところで、ＬＩＮＥの返事を送った。

その前にも連絡ができないわけではなかったが、「彼は私の予定を知っているのに、私は知らないのだ」と気づいてから、なんだか、妙ないらつきを覚えて、返事をしていなかった。

〈では、五反田まで来てください。ホテルのフロントで待っています〉

そんなこと、勝手に決めて。

複雑な気持ちで、むっとしたところに、

〈おいしいもの、ごちそうしますよ〉

というメッセージがぽろんと入った。

「あ」

小さい声が出てしまう。

「あ、そういうこと」

ほっとした気持ちと、どこか、がっかりした気持ちもあって頬が熱くなった。

道路に面したホテルの一階に、そのレストランはあった。

重いドアを開けると、角谷が立って待っていた。

「さあ、どうぞ」

祥子の先を歩き、ドアの前で少し芝居がかって見えるほど丁寧な仕草で先に入れてくれた。

「ありがとうございます」

店員は窓側の、外の緑が見える席に案内してくれた。

「イタリアンの朝食ビュッフェなんですよ。アルコールも注文できます」

角谷が合図すると、すぐに飲み物のメニューが運ばれてきた。すでに、店員に話してあったのかもしれない、と思う。

――いつも、どこに行っても物慣れた人だ。仕事柄、しかたないのかもしれないけど。

「前菜などいろいろ選べるから、しっかりお酒を飲んでも大丈夫ですよ」

角谷が顔を寄せて、ささやくように言って笑う。

「はい」

「昨日、ここで朝食を食べて、これは祥子さんにもぜひ食べさせたいと思ったんです」

「では、スプマンテを」

イタリア産のスパークリングワインを注文してもらった。

「さあ、飲み物が決まったら、料理を取りに行きましょうか」

「はい」

ビュッフェというのはどこまでも広がる、食べ物の大陸だ。

まずはパンが三種、自家製フォカッチャにバゲットにカンパーニュ、それから素焼きピッツァという何ものっていない薄いピザがあった。各種並んだジャムとは別に、埼玉県深《ふか》谷《や》市の養蜂場《ようほうじょう》産の「巣蜜《すみつ》」もある。大きなミツバチの巣がそのまま置いてあって、蜂蜜をこそげて取ることができる。

「あ、こういうミツバチの巣を食べるの、私初めてかもしれません」

「めずらしいですね」

祥子はきれいな六角形が並んだ巣蜜を小皿に取った。

そのあとは色とりどりのサラダ。きたあかりを使ったポテトサラダやツナと豆のサラダが目新しい。

さらに進むと、イタリアンの前菜が並んでいる。定番のモッツァレラとトマトのカプレーゼ、緑黄色野菜のカポナータ、白身魚のエスカベッシュ。

このあたりで、祥子の皿はいっぱいになってしまった。

「もう、席に一度戻った方がよさそう」

「ですね。スプマンテも来たようです」

イタリアンの前菜で飲むスプマンテは最高だった。

「さっぱりとして飲みやすいワインです。大きな特徴はないけど、どんな料理にも合っておいしい。量も結構あって嬉しい」

「祥子さんが楽しそうに飲んでいると、こっちも楽しくなる」

「カポナータおいしい。野菜の旨みが強いです。スプマンテにも合う」

「どれ。あ、本当だ。これはおいしいですね」

「あとでおかわりしよう」

「でも、まだまだいろいろあるんですよ」

「そうでした」

巣蜜の「巣」のところ……半透明の六角形が並んでいるのを食べてみた。

「どうですか？」

角谷がおもしろそうに、祥子の顔をのぞき込んだ。

「なんていうか……」

祥子は苦労して「巣」を嚙みながら答えた。

「あまり、味はしません。蜂蜜の味がなくなると……ほとんど味がないものなんじゃないかと思います。結構弾力がありますね。あと、いつまで嚙んだらいいのかよくわからない……」

ははははは、と角谷がめずらしく大きな声を上げて笑った。

「もう、出してもいいんですよ」

「いえ、なんとか嚙みます」

口の中の「巣」は嚙んでも嚙んでも、弾力が衰《おとろ》えることなく、いつまでも口の中に残って祥子の歯を押し返してきた。

「だから、もう出していいんですって」

「なんていうか、味や形状はまったく違いますが、ホルモンのミノを思い出します」

はははははは、ともう一度、角谷は笑った。

「さあ、出して、もう」

「いえ、大丈夫です」

角谷がテーブルの上に、自分の手のひらを広げて差し出した。

「ほら、ここに」

祥子は戸惑《とまど》ったけれど、どこか、それに甘えてみたい気もして、顔を彼の手のひらに近づけると、そっとその上に吐き出した。

口から出した蜂の巣は、淡い琥珀《こはく》色がかった、白濁《はくだく》した塊だった。

彼の手からは、ハンドソープのかすかな香りがした。

前菜をあらかた食べたあと、ビュッフェ台に行ってさらに先の料理に進んだ。

次の場所には、目の前で作ってくれるオムレツのコーナーがあった。「ライブクックのオムレツ」「楽しみになる朝食、料理コンテスト、女子旅賞」の看板もある。この店のスペシャリテらしい。生ハムかトリュフオイルのどちらかを選んで、上にのせてもらえる。祥子は生ハムを選んだ。今、切ったばかりの生ハムがのってくる。さらにその脇にカリカリのベーコン、ソーセージ、ポテトフライ、ミートラザニアなど、温かい料理が並んでいた。それらも少しずつ皿に盛ってしまう。

次には大鍋が並んでいて、トマトのポトフ、チキンのクリーム煮もあった。チキンの方をカップに入れた。

席に戻って、生ハムのオムレツを食べた。軟らかくてふわふわで、でもとろりとなめらかだった。バターと生クリームをたっぷり使っている味がした。生ハムもしっかり熟成された品で、一緒に食べてもおいしいし、単独でもワインに合う。

ミートラザニアもチーズがたっぷりのった、いい味だった。

「そろそろ、おかわりが欲しい頃じゃないですか？」

角谷が祥子のワイングラスを見ながら言った。

少し迷って、グラスの赤ワインを追加する。生ハムやミートラザニアがさらにおいしくなった。もちろん、チキンのクリーム煮にも合う。

ふと、祥子が吐き出した巣蜜の残滓《ざんし》が角谷の食べ終わった皿の端に置かれているのに気づき、顔が熱くなった。

「昨夜のお客さんはどんな人だったんですか、ああ、もう今朝だけれども」

角谷が空気を変えるように、尋ねた。

「あ」

「今朝のお客さん」

「ああ。そうですねえ……。不思議な人なんです」

「不思議、とは?」

祥子はもう一年近く呼んでくれているけど、ほとんど個人的なことを話したことがないのだと説明した。

「理由もわからないし、感想もわからないんです」

「こちらから聞いてみたことはあるんですか」

「いいえ。うまく言えないけど、何か、彼女はそういう質問とか、会話とかをする隙を与えてくれないんです。別に強く拒絶されているわけではないんだけど、何か、話しかけにくい感じ」

「そういう人、いますよね」

「はぐらかされている感じもします。まだこちらが質問もしていないのに」

「確かに不思議な人だ」

「でも、毎回呼んでくれるのだから、私みたいな人間でも、必要なのでしょう」

「ええ」

「そう思うと、悪い気はしません」

「寂しいのかな」

祥子は首を横に振った。

「それを言ったら、私の仕事のほとんどの理由は『寂しい』に集約されてしまいます」

「なるほど」

「いえ、現代人の行動理由のほとんどがそうだと言ってもいいのか」

角谷は小さくうなずいた。

「祥子さんも寂しいのですか」

祥子は息を二つ吐くくらいの間、考えた。

「わかりません」

「僕も、自分が寂しいのかどうか、わからない」

そして、角谷はビュッフェ台を振り返った。

「さあ、もう少し、いただきますか」

「ええ」

料理はイタリアンだけではなかった。和食もあって、ご飯と味噌汁《みそしる》に、梅干し、ちりめん山椒《さんしょう》、鮭《さけ》フレーク、なめ茸《たけ》、たくあん、しば漬け、辛子明太子……などのご飯のお供がずらりと並んでいた。

「これはさすがにもう食べられませんね」

「ええ、残念ですが」

他に、絶妙に火が通ったピンク色のローストポーク、窯出《かまだ》しオニオングラタンスープ、鯖《さば》の塩焼きなどがあった。こちらもまた、少しずつ皿に取った。ローストポークは下手なローストビーフより、旨みが濃くてずっとおいしいと思った。また、オニオングラタンスープには、きちんとパンとチーズをのせて焼いてあった。

朝から飲んだワイン二杯はゆっくりと確実に身体に回っていた。

最後に、デザートのロールケーキとニンジンのケーキ、コーヒーを角谷が運んできてくれた。

「私、もうお腹いっぱいです」

「今日はこれから、仕事は？」

「もう、終わりです」

「今夜の仕事は？」

「……入ってません」

目を上げると、彼はこちらをじっと見ていた。

「では、部屋で休んでいったら？」

「え」

「僕の部屋を使いませんか」

しばらく迷ってから、祥子は「ええ」と小さくうなずいた。

角谷はにっこりと笑った。

「僕はこれから出かけますが」

「ええっ？」

「これから、霞《かすみ》が関《せき》の方に所用があるんです」

「ああ、そういうことですか」

「でも、ツインルームを取っていて、数日間は滞在するつもりなので、好きなように使っていただいていいですよ」

なんだか、またはぐらかされたようだ……と考えながらベッドの中で目をつぶると、あっという間に眠りに落ちてしまった。朝から飲んだ二杯のアルコールと、お腹がぱんぱんになるまで食べた朝食が利いているようだった。

目が覚めると、窓の外は赤く染まっており、祥子は一瞬、自分がどこにいるのかわからなかった。

「起こしてしまいましたか」

慌てて振り返ると、シャツにネクタイ姿の角谷が祥子を見下ろしていた。

「いえ、今、何時ですか」

「十六時、四時くらいですね……」

彼は椅子を運んできて、ベッドの脇に座った。

「私、ずっと寝ていたんですか」

「仕事が終わって、一度戻ってきたんですけど、よく寝ていたから起こしませんでした。僕はそのまま、次の仕事場に行って」

「そうでしたか。気づかず、すみません」

「いつもこんな感じですか。仕事のあとは」

「夕方まで寝てしまうことはそんなにありません。普通は昼過ぎには起きます」

少し恥ずかしくなった。

「なんか、普段より、ぐっすり眠っていたみたいで。久しぶりだわ、こんなに深い眠りは」

角谷が微笑んだ。

「でも、なんか、ちょっとわかりました」

「何が？」

「依頼人の眠り姫の気持ちが。誰かが近くにいて、じっと自分を見ていると思うと、安らぐこともあるんですね」

「そうですか」

「だから、私を呼んでくれているのかもしれません」

なぜか、慌てて起き上がる気にならなかった。角谷に見守られながら、しばらくこうしてとりとめもなく話していたかった。でも口にするのは恥ずかしかった。

「このあと、晩ご飯食べませんか。この近くにいい店が結構あるから」

「もちろん」

「それから、今日はこのまま泊まっていきませんか」

「え」

「……明日は僕もたいした仕事もないから、また、この近くで昼ご飯を食べよう。ずっと一緒にいたい」

それはやっと聞けた、はぐらかしのない、彼の本当の気持ちのように思えた。

「は……い」

「まだ少し、話したいことがあるんです。落ち着いて、話したいこと」

前に、東京を本拠地にして仕事をすることを考えている、と言っていた。その後、その話がどうなったのか、まだ聞いていない。

もしかしたら、その話かもしれない。

「わかりました」

すると、角谷は手を伸ばすと祥子の前髪のあたりにのせ、ゆっくりとなでた。

「この近くにもおいしいハンバーグの店を見つけたんです。明日のランチに食べましょう」

「そうなんですか！」

「あ、ハンバーグの方に気持ちが行ってる」

角谷がすねたような声を出したあと、ふふふ、と笑った。

「そんなことないです」

「今夜は何を食べたいですか」

「なんでも」

「お腹空いてますか」

「もちろん」

　それでも、祥子はずっとこうして話していたい、と思った。ずっとずっと、角谷に見守られながら、話し続けたいと子供のように願った。

第七酒　五反田　ハンバーグ

「五反田と御殿場って間違えませんか」

祥子がそう言うと、少し前を歩いていた角谷が振り返って微笑んだ。彼の身体の向きが少し変わったことで、つないでいた手の角度も変わる。手をつないでいるんだ、ということを改めて意識してしまい、どっと汗が噴《ふ》き出した。汗ばんだ手を離そうとすると、角谷が指に力を込めた。

「漢字にするとぜんぜん違うのにね」

その一連の動作がなかったかのように、彼は言った。

「ごたんだ、ごてんば。濁音が多すぎるの」

いや、きっと、彼は祥子と違って、指先のごくごくわずかな変化なんてなんとも思っていないのだろう。そう考えると、どうしようもない苦みが胸に広がった。

ホテルのある五反田駅の東側から、目黒川《めぐろ》に向かって歩いていた。冬にしては日差しが暖かい日だった。

昨夜は初めて一緒に一晩過ごして、祥子は今朝、自分のすべての感覚が角谷の方に向かって研ぎ澄まされているような気がしていた。

耳も、目も、皮膚《ひふ》も……全部が彼の方に開いている。

そういう自分が新鮮でもあったし、怖くもあった。こんな感情になったことはほとんどない。

前の夫の時にも……。

「これから行く店はどうやって探したんですか」

あまりにも敏感になっている気持ちを断ち切りたくて、そう尋ねた。

「結構、有名店なんです。テレビなんかでもよく紹介されていますよ。一度行ってみたいと思っていたんです」

「私、知りませんでした」

目黒川にかかった大きな橋のところで曲がって、川沿いに歩くと、すぐに店が見えてきた。

十一時からの開店で、祥子たちが着いたのは五分前だった。すでに二人のサラリーマンが並んでいる。

店員に渡されたメニューを見ながら待っていると、すぐに店内に入れてもらえた。一番端の四人掛けのテーブルに案内された。

「やっぱり、ハンバーグかなあ。ハンバーグが有名なんでしょう?」

祥子はメニューを見ながら言った。

「ハンバーグもいいけど、この日替わりコンボっていう、ハンバーグと日替わりステーキのセットにも惹かれるなあ。なかなか来られないから、ここのステーキがどんなものか食べてみたい気がする」

「そんなに食べられるかしら」

「じゃあ、僕がコンボにするから祥子さんはハンバーグにしたら? それで、二人で分けましょう」

「あ、いいですね」

通常のメニューとは別に、小さな細長いメニューがあって、そこにアルコールの種類が並んでいる。生ビール、オールフリー、スパークリングワイン、白、赤、ハイボールなど、意外と手頃な値段だ。

「祥子さん、どうぞ」

角谷が指さした。

「あ」

「今夜は仕事?」

「夜は入ってますが」

まだ午前十一時である。

「ご飯食べて、一度家に帰って一休みしてから、出勤しますから」

「だから、どうぞ、って言ってるでしょ」

角谷は笑っていた。

祥子はじっくり、メニューを見た。

ビールもいいけど、せっかくだから、ここはワインを合わせてみたい。赤ワインはボルドーの十五年、ピノ・ノワールの十八年など、興味深いラインナップだったが……。

「やっぱり、泡にしようかな」

シャトー・ド・ロレのスパークリングワインにすることにした。

祥子はデミグラスチーズハンバーグに目玉焼きをのせてもらった。角谷はデミグラスソースのハンバーグとサイコロステーキがセットになったコンボを頼んだ。

「焼き方は肉のお味が感じられる、ミディアムレアをおすすめしています」

二人とも、その焼き方にした。

店員が去って、運ばれた水を一口飲むと、何もすることがなくなった。昨夜を経て、初めて向かい合わせにお互いの顔を見ることになった。

角谷はじっとこちらを見ている。祥子は視線を外して、あちらこちらを見たあと顔を左に向け、またグラスを取って水を飲んだ。視線を戻すと、角谷が笑った。こんなふうに笑うと口元にしわが寄る人なんだな、と思った。祥子がグラスを置くと、その手に自分の手をからませてきた。それを二人でじっと見ていた。

「気まずいですか」

「ええ」

「僕も……」

彼はさらに手を深く握ってくる。祥子は周囲を見回して、手を離そうとしたが、彼は許さなかった。

「片時も手を離したくない……とか言っちゃったりして。僕たち、バカップルだな」

角谷が言って、思わず一緒に噴き出す。それと同時に手が離れた。

「恥ずかしい」

祥子はやっと本音が言える気がした。

「そうだけど、こういう時期って一瞬だから」

「こういう時期?」

「お互いが離れがたくて、いつまでも一緒にいたくて、ずっとふれ合っていたい、でも、気まずいというような」

「一瞬なの？」

「まあ、こんなにドキドキするのは一瞬かな」

彼がそう言った時、スパークリングワインのグラスとサラダが運ばれてきた。

祥子はほっとしたような、しかし何か、心細くなったような気もした。

細いグラスの中の泡を見ていると、自分だけがはしゃいでいるようで、また恥ずかしくなる。角谷はそんなことに気づくはずもなく、「早く飲んだら」と言った。

酸味の強い、さっぱりしたワインだった。一緒にサラダも食べる。レタスの上にごくごく細切りにした大根とニンジンをのせたサラダにオレンジ色のドレッシングがかかっている。これもまた爽やかな風味だ。

次に赤だしも運ばれてきた。

「どうですか？」

角谷が尋ねてくる。

「ワインはすっきりした、ドライな味です。サラダも赤だしもさっぱりしてますね」

「そうですね。たぶん、ハンバーグやステーキがこってりしているので、他のものは意図的にあっさりさせているのかもしれません」

「ああ、確かにそう」

店員がソースを持ってきた。

「こちらがオリジナルソース、そして、ポン酢とおろしのソース。こちらはだし醬油、それからわさびとハーブのバターです。お好みでどれをお使いになられてもいいのですが、醬油とわさび、バターはステーキにお使いになることをおすすめしています」

そのあと、すぐにハンバーグ、ハンバーグとステーキの鉄板が運ばれてきた。

ハンバーグの横にデミグラスソースの小皿がある。

「鉄板が熱いので、上にかけず、付けながらお召し上がりください。付け合わせは焼きポテトがインカのめざめ、菜の花は長崎産です。こちらの白いものはマッシュポテトです」

目玉焼きの黄身が、こぼれ落ちそうなほど大きい。

フォークとナイフを取って、「いただきます」と言い合った。

祥子はまず、ハンバーグを一口大に切った。中の赤い肉が見えた。

「あ、ここも、あの五反田の店と同じで、ハンバーグは半生《はんなま》なんですね！」

「間違えてますよ、ここは五反田。あの店は御殿場です」

祥子は、それにはかまわず、デミグラスソースを付けて口に入れた。

「おいしい！」

祥子の声を聞くと、彼は安心したように、自分でも一口頬張った。

「なるほど、こういう感じか」

「これ、御殿場の店よりも、ハンバーグがずっと軟らかいですね。あちらはしっかり歯ごたえがあって生。こちらは軟らかくて生っていう感じ。同じ半生ハンバーグでも食感や味はずいぶん違う」

すぐに、今度はオリジナルソースを付ける。醤油風味で甘みのあるソースだった。

「これもおいしいなあ。私、デミグラスよりこっちの方が好きかも」

「おろしソースもいいですよ」

オリジナルソースを付けたハンバーグとライスがとても合う。

「このご飯もおいしい。硬めに炊かれているけど、硬すぎなくて、噛めば噛むほど旨みが出てくる感じ」

スパークリングワインがもうなくなっていた。

「祥子さん、おかわりしたら？」

「あ。どうしようかな」

祥子がためらっていると、角谷がメニューを見て言った。

「赤ワイン、頼もうよ。僕もこのハンバーグに赤ワイン、ちょっと飲みたくなった」

「でも、今日はお仕事でしょう」

「だから、祥子さんが飲むなら、一口だけもらおうと思って」

店員を呼んで尋ねる。

「赤ワイン、二種類ありますが、コクのあるのはどちらですか」

「やっぱり、ボルドーの方ですかね」

「じゃあ、そちらをください」

待っている間にハンバーグをおろしソースで食べた。酸味はあまり強くなく、肉の旨みがさらに増すようなポン酢だった。

丸みを帯びたワイングラスがすぐに届いた。

ハンバーグを食べたあと、ワインを口に含む。

「これ、濃くて、ちょっと渋くて、コクがあって、肉料理にぴったり」

そっと、目玉焼きの黄身を割ると、とろりと落ちた。それをハンバーグにからめて頬張った。

「どうですか？」

「この玉子、ソースみたいです。さらにハンバーグが濃厚になる。いい意味で鼻血が出そうな味」

角谷が声を上げて笑った。

「こっちのステーキの方も食べてみて。いろんな部位のお肉が入っているから、当たり外れがあって楽しい。いや、当たり外れっていうのは違うか。どれもおいしいんだけど、好みが分かれるというか」

祥子は一切れをフォークで突き刺して食べた。よく見ると、肉の片側に脂身が付いている。口に入れただけで、甘い脂が広がる。

「あ、これ、当たりかも」

「そう?」

「サーロインの脂のさしが入っているところかな。すごく軟らかくてジューシー」

「食レポみたいなこと言うなあ」

「ふふふ」

肉片が口の中に残っているところで、ご飯を食べ、赤ワインを口に含む。

「あー、おいしい。飲食の中の、最高の一瞬の一つかも、これ」

「軟らかい牛肉とご飯とお酒」

「そう。なんか頭悪そうな組み合わせだけど」

「もっとステーキを食べて。祥子さんが喜ぶ顔が見たいから」

もう一切れを口に入れる。

「あ、こっちはしっかりした嚙みごたえ。でも、普通だったら十分軟らかい部類かも。ただ、さっき食べたのが軟らかすぎるくらい軟らかかったから」

「どこの部位だろう」

「はっきりわからないけど、ランプとかかしら。これはこれでおいしい」

「僕もワインいただこう」

角谷が手を伸ばして、赤ワインのグラスを持った。

——手がきれいな人なんだよなあ。

祥子がそんなことを考えているのも知らず、彼は少し喉を見せて、それを飲んだ。

「ああ、本当においしい。肉とよく合う」

「ね、おいしいね」

あまりにも無心に、子供のような感想を言ってしまった、と祥子は少し恥ずかしくなった。

「それで」

半分ほど食べ進めたところで、角谷はふっと顔を引き締めた。

「昨日、話せなかったことなんだけど」

昨夜は角谷が見つけてきた、ホテルの近くの居酒屋で食事をした。そして。

そのあとは話をする暇《ひま》もなかったな、と考えて、急に顔が熱くなった。

「前にも言ったけど、こちらに居を移そうと思っている」

彼は真面目《まじめ》な表情のままだったので、祥子も顔を引き締めた。

「もう、決まったんですか」

「うん。ほぼ目処《めど》がたった。ある代議士の先生の事務所を主に担当させてもらって、そのあと、来年くらいに、正式に雇ってもらえる約束になった」

「本当に？　すごい」

「まあ、僕自身は起訴《きそ》されなかったわけだし、その頃にはほとぼりも冷めるだろうと」

「よかった」

「当分は、東京と大阪を行き来することになるので、品川《しながわ》あたりにマンションを借りようと思っている。新幹線に乗りやすいからね。でも、品川は高そうだから、その周辺ということで、このあたりも候補に入るかな」

「そうなんだ。いつ頃？」

「来月くらいから」

「もうすぐですね」

「どう思いますか？」

ストレートに聞かれて、ちょっと言いよどんだ。

「……嬉しいです」

「よかった」

「嬉しいですが」

「嬉しいけど、何？」

祥子はしばらく考えた。

「少し怖くもあります。これからどんなふうに変わるのか」

なんとなく、角谷は「僕も怖い」と言うような気がしていた。彼はほとんど人の言うことを否定しない人だから。そして、一緒に考えていこう、と言ってくれる気がした。

しかし、返ってきたのは思いもよらない答えだった。

「僕はぜんぜん怖くない」

「え」

「怖くないです。なんというか……わくわく感しかない」

「わくわく？」

「いや、ちょっと違うかな。すっきり感、すっきりして頭の上の霧が晴れた感じ……正直なことを言いますね」

「はい」

「大阪での生活、仕事はうまくいっていて……でも、どこか少し行き詰まっていた感じだった。昨年の件……逮捕されたということが原因ではなくて、その前から。地元の学校を出てから、先生にお世話になって、ずっと無我夢中でやってきて」

そこで、彼は一度言葉を止めた。

「うまく言えるかわからないんだけど」

「はい」

「僕、最初に祥子さんに会った時」

「え、いつ？」

急に、自分が話に出てきてびっくりした。

「祥子さんが最初の最初に大阪に来た時です。一昨年《おととし》だったかな？」

「あ、ええ。阿倍野《あべの》のスターバックスで待ち合わせした時ですね」

「あなたが、店にすうっと入ってきて、なんだか風が入ってきたみたいで」

「風？」

「あなたの周りの風が透《す》き通って軽《かろ》やかで、それが店の中に、大阪に、僕の中にさらっと入ってきて」

祥子はもう相づちも打てずにいた。

「ああ、自由だなあ、僕もどこかに行きたいなあ、と思った」

「本当ですか」

彼があの時、そんなことを考えていたなんて思いもよらなかった。

「ここではない、どこかに。ずっとここにいたらダメだと思った。あと、あなたは今自分がしていることをちゃんとわかっているのだろうか、と心配にもなったし。でも、それを聞くほど親しくもないし、話せるような立場でもないし」

「ええ」

「なんというか、あなたに全部話せるようになりたいと思った。この人に全部話せるような仕事をしなくちゃダメだと」

「つまり、当時の仕事を辞めたくなったってことですか？」

「まあ、端的に言うと、そう」

二人で笑った。

「そのあと、食事に誘ったら、あっさり断られてしまって」

「あ、すいません。あの時は一人で飲みたかったから」

「え、僕には大阪に学生時代の友達がいるからと言ってたのに」

ショックだなあ、と彼は顔をしかめた。

「そうでしたっけ。忘れてました」

「口実だったんだなあ」

「でも、すっと引いてくれたから、あっさりしたいい人なんだなあ、って角谷さんの印象はよくなりましたから」

そのあと、二度目に大阪に来られた時、飲みに誘ったら、やっとＯＫしてもらって、それから少しずつ話せるようになった、というような一連の思い出話を角谷がした。

彼の言葉を聞いていると、そんなに昔のことではないのに、恋や愛が始まる前の出来事はまるで別の世界のことに思えた。

——関係を持ってやっと打ちとけて、こうして、それ以前の話をするのって、「恋の答え合わせ」をする感じだわ。

角谷はハンバーグとステーキがのった鉄板を祥子の方に押した。

「さあ、もっと食べて。おかわりを頼んでもいいんだから」

「はい」

祥子はステーキをまた一切れ、フォークに刺した。

「今度はだし醤油に付けてみます」

「じゃあ、わさびも付けて」

彼の言う通りにしてみると、また、まったく別の味が口の中に広がった。

「ここのソース類、デミグラス以外は、オリジナルソース、おろしソース、だし醤油と全部、醤油ベースなのに、味がぜんぜん違う。醤油ってすごいんだって、改めて気づかされる」

「本当に別物になるねえ」

角谷は深くうなずいた。

「祥子さんもそうだよ」

「え、何が？」

「祥子さんと食べていると、いろんな味の違いに気づかされる」

「本当に？」

「うん。毎回、感心する。僕一人で来たら、ただ、おいしいなあってかっこんで終わりだと思う。才能だよ、それ。そういうの、何か仕事に使えればいいのに」

「それほどじゃない」

「人に発見をもたらすのは立派な才能だよ」

違う、気づかされるのは、私だ、と思った。

彼といると、私はまた、違う自分に気づかされる。

お互いに気づかされ合って……それが人と付き合うということかもしれない。

「まだ、ハーブのバターが残ってますよ」

「あ」

「さあ、バターをのせて食べてみて、それでまた、なんか言って」

「ひどい。そんなこと言われたら、怖くて食べられない」

祥子は文句を言いながら、ステーキの一切れにバターをのせて頬張った。

幸せだと思った。いつまで続くかわからないし、もしかしたら、彼の言うように一瞬かもしれないけれど、今はそれを、ただ楽しみたいと思った。

第八酒　池尻大橋　よだれ鶏《どり》

池尻大橋《いけじりおおはし》の駅前の道を歩いていると、「中華料理×日本酒と自然派ワイン」という看板が目に飛び込んできた。さらにその下に「中国で修業経験のある店主の料理に唎酒師《ききざけ》がこだわりの日本酒を選んでおります」と書いてあった。

「素晴らしい」

思わず、つぶやいてしまう。

——この看板はもちろん夜のメニューについてなんだろうけど、昼からこれを出しているということは、もしかしてランチもやっているのかもしれないし、お酒も飲めるのかもしれない。

ちょっと見回すと、目の前のビルの入り口に木製の台があり、メニューが置いてあるのがわかった。担々麺《たんたんめん》〜二種の胡麻《ごま》と自家製麻辣油《マーラーユ》で、麻婆豆腐《マーボー》、イベリコ豚のロースの上海風醬油煮のせ汁そば、佐賀県産赤鶏《あかどり》もも甘辛酢炒め……などがそれぞれ千円でランチになっている。フカヒレそばだけが二千円だ。

他に、自家製ラー油のよだれ鶏、二種の杏子《あんず》の種を使った杏仁豆腐《あんにん》、濃厚プリン〜金柑《きんかん》カラメルソースなどの小皿をアラカルトで付けることができるらしい。

担々麺やよだれ鶏に惹かれ、地下にある店に下りて行った。

「いらっしゃいませ」

落ち着いた女性の声に迎えられて中に入ると、入り口付近はカウンター席になっていた。奥にテーブル席があるらしい。

「一人です」

「お好きな席にどうぞ」

客は他に、カウンターの奥に若い男性が座っているだけだった。祥子は入り口近くのカウンターの端に座った。

メニューをもらって、また、しげしげと見る。

――うむ。担々麺やよだれ鶏に惹かれるけど、両方注文してしまうと、少し味がかぶるかもしれないなあ。

【当店の担々麺には、『二種の胡麻と自家製麻辣油で』とサブタイトルが付いています。激辛担々麺ではなく、素材の味、香辛料の香りを楽しんでもらいたい】

そんな但《ただ》し書《が》きがあった。

担々麺はこの店のスペシャリテなのだろう。なみなみならぬ、こだわりが伝わってきた。

——惹かれるなあ、すごく惹かれる。けれど、日本酒との相性はどうだろう。それに、よだれ鶏も捨てがたい。

祥子は担々麺をすすりながら日本酒を飲む自分を想像してみた。

——なんだろう。どうもその姿がうまく想像できない。ビールならわかるんだけど。今日は、看板で「中華×日本酒」の文字を見てから、ずっと日本酒の気分で、断じてビールではないのだ。

——ここはビールさんにはお引き取り願って。とすると、やっぱり、よだれ鶏と日本酒かなあ。

祥子はメニューに目を走らせる。

——麻婆豆腐は今日は却下。惹かれるけどね。イベリコ豚か赤鶏か。いや、赤鶏はよだれ鶏とかぶるな。これまた魅力的だけど。となると、上海風汁そばか……うん、こちらの方がまだ日本酒に合いそうかな。

祥子にはめずらしく、かなり迷ってしまった。

「すみません」

軽く手を上げて、店員さんに声をかけた。

「はい」

　彼女は待っていたようで、すぐに来た。

「この、イベリコ豚のロースの上海風醤油煮のせ汁そばとよだれ鶏ください。あと」

　祥子はちょっと上目遣いになって尋ねる。

「外の看板に中華と日本酒って書いてありましたけど」

「はい」

「あの、今の時間も日本酒、飲めますか」

「もちろんです」

　彼女は日本酒のメニューを持ってきてくれた。

　さすがに日本酒を売りにしているだけあって、種類が多い。他のアルコール類のメニューと、さらに今週のおすすめと書かれた日本酒専用のメニューもあった。加温熟成解脱酒《かおんじゅくせいげだつしゅ》、ＡＬＰＨＡ《アルファ》　ＴＹＰＥ《タイプ》、サケエロティック……など、日本酒の銘柄として使うにはめずらしい言葉が並んでいる。

　――ここはお店の人に聞いた方が早そうだ。

「すみません。私が頼んだメニューに合いそうなお酒、ありますか」

「いろいろありますよ。まずはこの『高清水《たかしみず》加温熟成解脱酒』。ワインみたいにフルーテイで甘いんです。食前酒なんかにおすすめです」

——あ、それは謎だった単語のお酒だ。

「それから、こちらの古酒《こしゅ》なんかもおすすめで、達磨正宗《だるままさむね》の五年ものなんかは紹興酒みたいな味わいです」

彼女は他にも、ワイナリーで作っている日本酒や発泡している日本酒など何種類かを紹介してくれた。

——めちゃくちゃ迷う！

発泡清酒は最近増えてきたようで、スーパーやコンビニにさえある。祥子も大好きだけれども、今日はもう少し違ったものが飲みたい。

「それじゃあ、まずそのワインみたいなお酒をいただいてみます」

「高清水加温熟成解脱酒ですね。お待ちください」

運ばれてきたのは、ワイングラスに入った淡い琥珀色の酒で、甘い香りがする。聞いていなかったら、日本酒とは気がつかないかもしれない。

早速、口に含む。やはり甘みが口いっぱいに広がる。

——貴腐《きふ》ワインのような味わいだ。でも確かに後味はワインとは違う。米の香りがする。これは食前にも食後にもいいかもしれない。

ほどなくよだれ鶏がテーブルに置かれた。

「辛いのがお嫌いでなければ、途中でさらに麻辣油を足していただいてもいいですよ。うちの麻辣油は自家製です」

深さのあるガラスの小皿に鶏むね肉とパクチー、ピーナッツ入りの赤いタレが入っていた。

――本当に、麻辣油の香りがとてもいい。でも、辛すぎない。この店はよだれ鶏も激辛じゃなくて、味わいを重視しているんだな。鶏もしっとりしているなあ。これ、家じゃなかなかできない。皮の部分も脂っこくなくてぷりぷりしていて最高だ。ああ、担々麺や麻婆豆腐も食べてみたくなった。

よだれ鶏と日本酒を楽しんでいると、小鉢が運ばれてきた。

「中華風の白和《しらあ》えです」

豆もやしを豆腐で和えてある。見た目は和風だが、口に入れるとしっかりと中華風だ。胡麻と塩で味付けしているようだった。

――これも家でまねしてみたいけど、こんなにおいしくはできないだろうなあ。他のお酒も飲みたくなってきた。

また、メニューを開く。手を上げて、店員さんに来てもらった。

「すみません。この達磨正宗の五年もの、お願いできますか」

「はい、お持ちします」

――泡盛《あわもり》なんかでは聞いたことあるけど、日本酒の古酒というのは初めて飲むかもしれない。

今度もまた、ワイングラスで運ばれてきた。さらに濃い褐色《かっしょく》の酒だった。

すぐに一口含む。

うわー、と小声でつぶやいてしまう。

――これ、本当に紹興酒みたいだ。だけど、紹興酒より甘くて優しい。

よだれ鶏と一緒に味わってみる。また、はわーと声が出てしまった。

――さすがに中華とよく合う味だなあ。麻辣油と合うと言ったらいいか。ぴり辛の味をよくまとめてくれる。

これなら、紹興酒よりもずっと中華料理に合うかもしれない、と思った。

その日の仕事は、池尻大橋から電車で一駅離れた場所にあるお屋敷だった。久しぶりに、亀山事務所から頼まれた仕事だった。

その街に住んでいる、年老いた占い師が自宅で療養しており、「若くて口の堅い女に来てほしい」というのが依頼内容だった。

「まあ、若いかどうかはともかく」

亀山は「中野お助け本舗」の事務所で言った。

「口が堅いというのは条件に合う」

「ふーん」

祥子の不満げな顔を見て、亀山は笑って続けた。

「そんな顔するなよ。実は、この件、亀山事務所もかなり注目している」

「どういうこと？」

「なぜ、うちに頼んできたのか。彼が何を言いたいのか」

「占い師が？　それに何か言いたいのかどうかは、会ってみないとわからない。話を聞いてほしくて呼ぶなら最初からそう言うでしょう」

「ただの占い師じゃない。与党の代々の総裁の顧問をしていたような占い師だぞ。若い頃はある有名な女性演歌歌手の専属占い師をして、彼女の財産を身ぐるみ剝いだという噂《うわさ》もある」

「じゃあ、詐欺師じゃないの」

「まあな。だけど口の堅い女と指名してきたのは、当然何かを話したいからだろう。あいつが最後に何を話すのか、誰もが気になっている」

「知られたくないのは病状とかかもよ。それに気になると言われたって、私は誰にも話さないよ。引き受けるからには」

亀山は肩をすくめた。

「彼の病状なんて、誰でも知ってるさ。週刊誌にも出ている。もう百歳近いんだぜ。心臓が弱っている、動脈瘤《どうみやくりゆう》もある、長年患《わずら》ってる糖尿病《とうにようびよう》も悪化してる。どれか一つが即座に命を奪うほどの病状じゃないが、いつ死んでもおかしくない。どこの新聞社ももうお悔やみ記事を用意して待ってるような状態だ。しかしさ、本当に誰にも伝えてほしくない話なら、亀山事務所に頼むか？　つまり、彼としては実は事務所に伝わることを期待しているんじゃないか、って」

「誰にも話してほしくない話として、漏れ伝わってほしいってこと？　そんな複雑な」

「本当に誰にも知られたくなければ、ぜんぜん別のところに頼めばいいことだし。看護師か誰かに話してもいいことだ」

「それでも私は誰にも話さないから。彼が話してくれって言うこと以外は」

「まあ、どっちでもいいさ。向こうがこちらを指名してきたことは確かだから。最後は祥子と亀山事務所の問題だ」

「そんな、無責任な」

そんなこともあり、少し緊張してその屋敷の門をくぐった。

指定されたのは裏門だったが、こちらだって普通の家の門の何倍も立派だった。ベルを鳴らすと、お手伝いだと名乗る老女が出てきて、一階の一角にある寝室にまっすぐ案内してくれた。途中、廊下を歩く間、誰にも会わなかったし、家の中に人の気配もなかった。古い日本家屋の中に作られた洋室には、大きな介護用ベッドが置かれ、彼はそこで眠っていた。

仕事のあと、池尻大橋で降りたのは、娘の明里のためだった。

明里とはその日の夕方から会う予定だった。学校帰りの彼女を迎えに行って、そのまま祥子の部屋に泊まってもらうことになっていた。

昨夜電話で話している時に、彼女がどこか元気がないことに気がついていた。返事に覇気がなく、家で過ごしたいのか外出したいのか、何をしたいのかいろいろ尋ねても、「うん」「うん」と小さく答えるだけだ。

「明里ちゃん、どうしたの？　大丈夫？」

「うん」

「元気ないね」

返事がなかった。それは肯定の意味だろうと思った。

「大丈夫？」

「うん」

「何かあったの？」

返事はやっぱりない。

テレビの音が電話の向こうから聞こえる。居間にいるらしい。とすれば、きっと元夫で、明里の父親である義徳や新しい母親の美奈穂《みなほ》も一緒なのだろう。

「話しにくいの？」

「う……ん」

「じゃあ、明日話そう」

「わかった」

やっとほっとしたような明里の答えが聞けた。

「明里ちゃん、何か食べたいものとかある？　なんでも明里ちゃんが好きなもの、作るよ。買ってきてもいい」

「マツコのねえ……」

「え、マッコ？」

「マッコのテレビのねえ、シュークリーム、食べたい」

聞けば、クラスの友達がバラエティー番組で紹介されたケーキ屋の話をしていたと言う。

「ああ、そういうこと。わかった、明日、仕事のあと、買っておくよ」

「いいの？」

「もちろん」

明里が子供らしいお願いをしてくれたことが嬉しかった。

ネットで確認すると、その店は池尻大橋にあり、昼過ぎに開店するとほどなく売り切れてしまうらしい。幸い、占い師の家と同じ路線にある駅が最寄りだった。

「開店時間に行ってみるけど、売り切れてたらごめんね」

「ありがとう」

それを食べながら、明里の話を聞いてやろうと思った。

そんなことを考えているとメインの麺が来た。

「上海風汁そばです。こちらも、お嫌いでなければ途中で麻辣油を加えたり、酢を足してもおいしいですよ」

「ありがとうございます」

――ああ、このタイプか。

きれいに透き通った醬油スープと縮《ちぢ》れていない麵は美しい。ロース肉がトンカツ風に揚げられて、一口サイズに切ってある。たっぷりの青梗菜《チンゲンサイ》が添えられていた。

――排骨麵《パーコーめん》のアレンジかな。骨は付いてないけど。一度揚げたカツを甘辛く煮て、麵にのせているんだ。

カツはほどよく甘めでこれまた酒に合う。その下の麵は、あっさりとしていて、カツの邪魔をしない。

カツをつまみのように食べたり、麵をまたすすったり、いろいろな食べ方をした。

食事も終盤に差しかかった頃、亀山から着信があった。出入り口の一番近くに座っていた祥子は、電話を片手に店の外に出た。客は皆、ひとり客で店内は静かだったので、声が店中に響きそうだった。

「何よ」

自然に咎《とが》めるような声色《こわいろ》になった。

「どうだった？」

祥子が食事していることに気づいているはずなのに、亀山はのんびりと聞いてきた。

「別に。もう仕事は終わったわよ」

「そうか。お疲れ様。で、なんか話したか、御大《おんたい》は」

「別に」

「何もか。何も、一言もか」

そこまで聞かれたら、答えないわけにはいかない。

「そりゃ話しましたよ、少しは。だけど、政治に関わるような話は何もなかった」

「……本当に？」

「本当ですよ」

「政治的な話かどうかというのは、祥子が決めることじゃないんだけどな」

亀山の口調が少し変わった。祥子は店の外から自分の席を見た。

「ラーメンが」

「え」

「ラーメン、伸びちゃう」

そして、彼が何かを言う前に電話を切った。

席に戻ると、上海風汁そばは実際にはもうほとんど残っていなかった。その残った汁を見ながら、自分の動悸が少し速くなっているのを感じていた。

亀山や亀山事務所がこれくらいで引き下がるとも思えなかった。

――私には関係のない話だ。

常連客が店員さんと話している。

「最近、ここの食事と、彼女が作ってくれる晩ご飯だけが楽しみなんですよ。昨日から何を食べようかなあ、って考えてた」

「あら、彼女さんは作ってくれるんですか」

「まあ、一応、作ってくれるんですよ」

「いいですねえ」

その声を聞いていたら、気持ちが落ち着いてきた。

――午後は明里と会うんだ。一緒にシュークリームを食べるんだ。

さらにそう考えたら、もう何も怖いことはないような気がした。少し冷めたスープを飲み干した。

祥子がいる間、何人かの客の出入りがあったが、それはほぼ、二十代、三十代の男性だった。偶然なのか、女性は祥子の他には一人も来なかった。皆、スーツではなく、カジュアルな服装だ。

――このあたりの会社の人なのだろうか。渋谷《しぶや》に近いだけあってさすがにおしゃれだなあ。中華、特に担々麺は男の人に人気があるのかもしれない。きれいで、女性でも入りやすそうな店なのに。近所にあったら、私なら毎日でも来るかもしれない。

娘のために、シュークリームを買って帰るのを忘れないようにしなければと思いながら、祥子はグラスに残った酒をあおって、席を立った。

マンション一階の、自動ドアを開きながら言った。

「え」

「私についてきなさい」

紀和は先に立って、ゆっくりと歩いた。

旅行？　と祥子はその後ろ姿を見ながら思う。どこに行くんですか、と聞きたいけれど、心のどこかでそれを今聞いてしまったら、「嘘よ」と前言を翻《ひるがえ》されそうな気がした。本当にこのまま東京駅に向かって、日本のどこか、いや、世界のどこかに連れて行かれそうだった。紀和はそういうとんでもないことをしてもおかしくない人なのだ。

彼女は時々、気が向くと、昔の銀座やそこに訪れた政界や財界の大物の話をぽつりぽつりと聞かせてくれた。祥子がすぐにわかる人物も、あとでスマートフォンで検索して初めてとんでもない大物だと知る人物もいた。そんな女性だから、祥子をここではないどこかに、連れて行ってくれそうな気がした。

例えば、今から「広島に行くわよ」と言われたら、旅支度《たびじたく》もしてないしすごく困る。けれどふらふらとついて行ってしまいそうな気がした。パスポートは持っていないから、海外ということはさすがにないだろうな、と考えたら鼓動が速くなった。

なんだか、彼女と一緒にぽーんとはじけたかった。

しかし、平日朝の銀座は、「はじける」とは真逆の穏やかさだ。夜や休日の銀座とはまるで違う。

人通りは結構あるが、ほとんどはサラリーマンやOLたちだ。銀座や東京駅の近辺、丸《まる》の内《うち》、新橋《しんばし》はオフィス街なので当然だけれど、どこか、きりりとして美しい。

「さあ、ここですよ」

紀和は銀座一丁目の地下鉄の出入り口を通り過ぎたところで急に立ち止まった。

祥子は、彼女が指さしたビルを見上げる。

「これは……」

「広島のものを集めたお店なのよ」

「ああ、アンテナショップですね」

紀和は有楽町《ゆうらくちょう》駅の方を指し、「あちらに行くと、沖縄の店もあるわ。そっちも楽しいわよ」と言った。

「私も、旅行に行きたくなった時、時々来るの」

「ありがとうございます」

お礼を言いながらも、どこか心の中で、「なあんだ」と思う気持ちもなくはなかった。

「じゃあね」

紀和は地下鉄の出入り口の方にきびすを返した。

「あ、中澤さんはいらっしゃらないのですか」

「私はこれから美容院に行くのよ」

彼女が今でも週に二度、美容院に通って、洗髪とセットを頼んでいると言っていたことを、ふと思い出した。

彼女がゆっくりとビルの地下に吸い込まれていくのを見送った。


入り口すぐ右手に小さなカフェスペースがあって、広島の有名店が期間限定で汁なし担々麺を提供していた。カラー写真の大きなポスターによると、行列必至の人気店らしい。細麺に、倉橋《くらはし》産の山盛りネギ、醬油は川中《かわなか》醬油の特注品などと書かれている。ちょっと試してみたい気持ちになった。

——食べる前に、まずは三十回以上混ぜる、か。おいしそうだなあ。けれど、ここはアルコールの提供はないようだ。

そのまま、店内に進んだ。

壁にもフロアにもたくさんの冷蔵ケースが並んでいる。それだけ「生もの」の商品が多いわけで、おいしいものにあふれている証拠だろう。

最初の冷蔵ケースには「はっさく大福」という和菓子が置いてあった。人気商品らしく、訪れる人が次々と手に取っていく。一人五個までという注意書きに惹かれ、祥子も二個、手に取った。

さらに奥に進むと、百パーセント国産と表示したレモン汁を始めとした、レモン商品がずらりと並んでいる棚がある。広島は国産レモンの産地であることを思い出す。「レモスコ」という辛味調味料があり、ハバネロを使った赤い「レモスコ」と青唐辛子を使った黄色い「レモスコ」の二種類があった。

——これはゆずで作った「ゆずすこ」か……、「タバスコ」の名前をまねたんだろうな。ま、いいか、とつぶやきながらかごに放り込んだ。

他に、広島風お好み焼き用の焼きそば麺がいろいろ並んでいるコーナー、広島カープのマークが付いている食品ばかりを集めたコーナー、広島のメーカーである「オタフクソース」の商品を扱った棚などがあった。広島の漬け物や練り物も、どれも見ているだけで楽しい。

店の奥の冷蔵ケースには、広島の蔵元が作った日本酒や地ビールがずらりと並んでいる。

——やっぱり、広島のお酒も飲んでみたい。これを買って、担々麺の店に持ち込んで飲んだらいけないかしら。

そう考えながら、二階に進んだ。

二階には広島の蔵元が作った酒を並べている店があり、一階以上にたくさんの種類の酒があった。普段は利き酒もしているらしい。その横は、化粧筆のメーカーが出している店だった。きらきらしたショーウィンドーは見ているだけで楽しい。手作りの化粧筆には凜《りん》とした美しさがあって、品格が漂っていた。高価なので今は買えないけれど、いつか購入したいと夢が広がった。

その一角にお好み焼きの店があった。入り口に置いてあるメニューを手に取る。最初のページに、生地と生地の間に麺が挟まれている、いわゆる「広島風お好み焼き」が七種類並んでいた。次のページには牡蠣《かき》や鶏肉など、鉄板焼きがあってどれもおいしそうである。飲み物も生ビールを始めとして、さまざまな種類が取りそろえられていた。

——ちょっとしたお好み焼きのコーナーかと思ったら、結構、本格的な鉄板焼きの店なんだな。

祥子は想像する。鉄板の前でつまみに焼き物を食べつつ、お酒をちびちびやって、最後にお好み焼きで締める。

——完璧《かんぺき》。それが昼間からできるなんて。

躊躇なく、ドアを開けた。

開店してすぐの店内には、祥子以外に、一組の若い男女がいるだけだった。

カウンターの、端っこの席に座らせてもらう。

目の前の鉄板では、すでに彼らのものとおぼしき、お好み焼きが焼かれている。山盛りのキャベツが目に入る。

メニューを開きながら、わくわくする。ある程度は店に入る前にわかっていたのに。

――鉄板焼きってどうしてこう、人をときめかせるんだろう。これが今流行《はやり》の「シズル感」ってやつか。

改めて見ても、品数が多い。いや、路面店なら普通の数かもしれないが、こういうアンテナショップの一角だからよけいに多く見えるのかとも思う。しかし、それ以上に、飲み物も食べ物もどれもがおいしそうで、メニューの内容が「濃い」から品数が多く感じる気もした。おかしな言い方かもしれないが、適当に作ったような「捨てメニュー」が一つもない。どれもおいしそうで、全部頼みたくなる。

――これが、広島の実力か。それともこういう店だけに、厳選したメニューなのか。

お好み焼きのチョイスはあとにして、まず、鉄板焼きから見ていくことにした。

いきなり、「コーネ」という謎の肉が大きく出ている。説明書きには「広島特有の牛肉の絶品部位。ゼラチンとコラーゲンが豊富です」とあった。

——ちょっと！　文章のすべての単語が光り輝いているじゃない……。

しかし、それ以外の鉄板焼きもよい。広島県産カキバター、広島県産カキ昆布《こんぶ》、広島トンペイ焼き、セセリの塩焼き……。カキ昆布というのは、「利尻《りしり》昆布でとったダシに、広島牡蠣を煮込んだ素材本来の旨みを味わえる逸品」らしいし、一見、どこにでもありそうなトンペイ焼きでさえ「関西発祥のトンペイ焼きを我が店流でどうぞ！」だそうだ。

祥子は鶏肉が好きだし、その中でもぷりぷりしたセセリ（鶏の首肉）は大好物だ。普段なら、なかなか食べられないそれを逃すことはないが。

——しかし、牡蠣やセセリを置いても光り輝く「コーネ」よ……。

まずはこのコーネで一杯やろう、とアルコール類のページに進む。

生ビール、ハイボール、さらに地ビールの宮島《みやじま》ビール、クランベリー入りの「赤ヘルハイボール」など、なかなかのラインナップだ。酎ハイやワイン、日本酒も複数の種類がある。ドリンクメニューとは別に、瀬戸内《せとうち》レモンという酎ハイの宣伝がメニューの間に挟まっていた。

——普通に生ビールというのもいいけれど、この酎ハイは捨てがたい。

片隅に立っている男性店員に目配せした。

「すみません、このコーネと瀬戸内レモン酎ハイをまずください」

「はい」

注文が通ると、目の前の鉄板がにわかに騒がしくなった。

マスクをした店員は手慣れた様子で冷蔵庫からポリ容器を取り出し、その中から数枚の肉を出して鉄板に並べた。すぐに脂身の部分がまくれ上がり、ジュウジュウとおいしそうな音を立て始める。あれが自分の肉だと思うと、どこか愛《いと》おしい。

――結構、脂身の多い肉だなあ。あんまり、脂っこかったらどうしよう。

心配しているところに酎ハイが運ばれてくる。まずは焼かれている肉の様子をつまみに一口。

――甘くておいしい。酸味が強すぎない。レモネードにアルコールが入っている感じ。いくらでも飲めてしまいそうだな。

肉はすぐに焼き上がり、白髪ネギと細ネギ、二種類のネギとレモンが共に皿に盛られてサーブされた。

茶色い牛肉の両脇に、縮れた脂身が付いている。肉と脂身の割合は一対一くらい。焼いている時から心配だった通り、結構脂身が多い。

まずは肉だけ、箸でつまんで口に頬張った。

——あれ、これ、なんて言うんだろう……こんなに見た目ぎとぎとなのに、脂っこくない……やっぱり、説明書きにあるように、ゼラチンとコラーゲンなのか。見た目と味が違う。すごく旨みの強い肉だ。

次は白髪ネギを巻き、レモンを搾《しぼ》って食べてみる。

——これまた、おいしいなあ。私の好みだ。カルビやロースといった、一般的な牛肉と比べることはむずかしい。ちょっとコリコリした感じもある。塩味が合うようだけど、タンとも違うしなあ。

「とにかく、新食感だわ」

思わず、小さくつぶやいてしまう。

レモンの酎ハイを手に取って飲み、口内の脂を流し込んだ時、ふっと、自分の中のもやもやしたものが晴れた気がした。

本当に旅行に来たみたいだ、と思った。

明里から「話したいことがある」と言われた時にはそれが元夫の今の妻、美奈穂の妊娠のことだとは夢にも思わなかった。

先週の週末、明里を学校の前まで迎えに行った。祥子と二人きりになると、明里はすぐにこう言った。

「美奈穂ママに赤ちゃんができたんだって」

「え」

明里と手をつないで歩いていたので、表情を見られなくて助かった。どんな顔をして聞けばいいのかわからなかったから。けれど、次の瞬間、これでは明里の顔も見えないのだと気づいた。慌てて彼女を見下ろしても表情はわからなかった。

家に帰ったら、もう一度、ちゃんと話さなくてはと思いながら、近頃の明里は表情を隠すことがあるのを知っていた。

祥子の家に着いてひと息つくと、買っておいたシュークリームを出した。彼女が食べたがっていた、テレビ番組で紹介された店のものだ。

祥子が尋ねるまでもなく、明里はまた話し出した。

「美奈穂ママの赤ちゃん、十月くらいに生まれるんだって」

今度は彼女の表情を見逃さないように凝視《ぎょうし》した。平然としている。少しほっとした。

「男の子か女の子かはわからないの」

「そう」

「美紀《みき》ちゃんと夢《ゆめ》ちゃんにも妹がいるの」

クラスの友達の名前だろう。

「へえ」

祥子はシュークリームの皿を明里に押し出した。

「食べたら？」

「あ、うん」

明里はやっとそれに気づいたように、手を伸ばした。彼女が食べたがっていたものなのに。

シュークリームという名前で売っているけれど、パイのようなさくさくとした生地の菓子だった。中には上品な甘さで、本物のバニラビーンズを使ったカスタードクリームがいっぱい詰まっている。

明里はなめらかなクリームを前に、さすがに黙った。

その一瞬をついて、祥子は言った。

「楽しみだね」

「何が？」

明里は濃厚なクリームを口に入れたまま尋ねた。

「赤ちゃんだよ。明里ちゃんに新しい、弟か妹ができるんだよ。楽しみだね」

その時、明里の瞳に小さな陰《かげ》……迷いが宿るのが見えた気がした。長いまつげ（父親譲りだった）が、激しく瞬《またた》いた。

「……わかんない」

「ん？」

「楽しみかどうか、わたし、わからない」

「そう」

祥子は明里の口の端に付いたクリームを指で拭き取りながら言った。

「いいんだよ、どっちでも」

一緒に考えていこう、と言うと、明里はうなずいた。

あの時から祥子はずっと考えている。

明里の言葉の意味を。

たぶん、言葉通りの意味なんだと思う。わからない。それが正直な気持ちなのだろう。

両親が離婚して、新しい母親が来て、子供ができる。

十歳になったばかりの子には、それがどういう意味を持つのかよくわからないというのはしかたないことだ。でも、何か、確実な変化が起こることだけはわかっているはずだ。

元夫は、どう考えているのだろうか。

美奈穂は彼の会社の後輩だった。祥子と結婚していた時から交際していた可能性もあると昔は疑っていたけど、今はもうどちらでもいい。

翌日、明里を最寄《もよ》り駅まで送って行って、元夫に会った時、「おめでとう、美奈穂さん、妊娠なさったんですってね。明里に聞いたわ」と祝福したけれど、彼も「ありがとう」とまぶしそうな顔で答えたきりだった。改札口前にはひと目もあり、祥子もそれ以上尋ねられなかった。

あれからずっと、そのことを考えている。

祥子も明里と同じようにどうなるかわからないが、なんらかの変化があることは確実だと思う。それは、今後の祥子と角谷の関係にも変化をもたらすのだろうか。

そして、気がついたら、「遠くに行きたい」と紀和の前で言っていた。もしかしたら、自分は思っていた以上に堪《こた》えているのかもしれなかった。

しかし、この一瞬、鉄板を前に酒を飲んでいると、ふと心が軽くなる。

――まあ、考えてもしかたないしな。

コーネを半分ほど食べ進んだところで、ついに広島風お好み焼きメニューを開く。

この店にはお好み焼きや鉄板焼きだけでなく、魅力的な一品メニューも多い。広島牡蠣のオイル漬け、広島菜漬《ひろしまなづけ》、コリコリ親鳥の鉄板焼き、アサリの酒蒸《さかむ》しなど。けれど、さすがにそれらを食べたら、お好み焼きまでたどり着けそうになかった。

お好み焼きは、店の名前を付けた王道の「目玉焼き、ネギ、イカ天、大葉」をトッピングしたもの、しょぶり焼きという牛肉の中落ち部分を入れたもの、名前の通り、牡蠣をふんだんに入れた牡蠣祭り、エビ、イカ、大葉などが入ったスペシャルなど、これまた数が多い。

しかも、お好み焼きの種類を選んだあと、中に挟む麺を、パリパリ生麺、むし麺、ピリ辛唐辛子麺、うどんの四種類から選ばなければならない。

——楽しすぎるだろ、この選択。

通常のお好み焼きの他に、期間限定の「山椒しびれ焼き」という、温泉玉子、牛ミンチ、花山椒のものもある。

——この店初めてだし、この王道の広島焼きにしようかなあ。それともさっき肉を食べたから、牡蠣のお好み焼きも捨てがたい。

「うーん」

指を眉間《みけん》に置いて、考え込んでしまう。

――牡蠣か、王道か、はたまた、また肉……。

一度、肉を食べたから、身体がまた肉を欲している感もある。

――よし。これもまた、他で食べられないものにしよう。

祥子は軽く手を上げて、店員を呼んだ。

「この、しょぶり焼きっていうのをお願いします」

「はい。麺は何にしますか」

「あ」

夢中になっていて、麺のことを決めていなかった。

どれも魅力的だし、ピリ辛唐辛子麺なんていうのも興味深い。うどん、というのもめずらしい。けれど、ここは一番オーソドックスで、「パリパリ」という響きにも惹かれる、「パリパリ生麺」にすることにした。

店員がいなくなっても、まだメニューを手放さなかった。広島焼きのチョイスに悩みすぎて、追加の飲み物を選んでいなかった。しかし、祥子はすでに見つけていたのだ。メニューとは別に挟まれていた紙に書かれた、その名も「TEPPAN」という名前を。

――「お好み焼きに合うお酒」をコンセプトにできた広島生まれの発泡清酒。これだ、これ、いこう。

もう一度、店員を呼んで、「たびたびごめんなさいね」と言い添えてそれを頼んだ。

瓶入りのTEPPANがすぐに来て、それを飲みつつ、また鉄板の上を見ながら待つ。

発泡清酒はどこか麴《こうじ》の匂いがする甘い酒で、これまたいくらでも飲めてしまいそうだった。もちろん、お好み焼きや焼きそばだけでなく、他の料理にも合いそうだ。

――鉄板の前でTEPPANを飲みながら待つわけだ。あ、この名前には、狙い通りとか確実とかいう意味の方の「てっぱん」も含まれているのかな。

自分の「広島焼き」はさらに愛おしい。

まずは生地が敷かれる。店員さんがボウルからお玉で生地をすくい、鉄板の上でお玉の底を使って丸くのばすのだが、これが薄い。予想していたよりもさらに薄い。クレープなんかよりも薄い。端の方が透けてぱりぱりになっているほど薄い。

すぐに火が通った生地の上に山盛りのキャベツをのせてしばらく蒸らしたあと、一見、牛肉のミンチを炒めたようなものをのせた。あれがしょぶりだろうか、と考える。さらに、その脇で麺を焼いている。最後に、卵を割り、薄くのばしたあと、その上にすべてをひっくり返すようにのせた。ソースを塗って、青ネギをわさっと盛ると完成だった。鉄板がはめこまれた皿の上に盛られて運ばれてきた。

「いただきます」

コテでケーキのように切り分ける。早く食べたくてたまらない。半分切り分けたところで、箸を使った。生地、キャベツ、肉、麺、卵……全部口に入れる。

「あ」

第一印象は、意外に味が薄い、だった。

よく見ると、ソースがそう多くない。麺やキャベツには味が付いてないから、さらに薄く感じる。

しかし、嚙むごとに、その麺や生地、キャベツの旨みがじわじわと口に広がってくる。

――おいしいなあ、これは。さすがだ。

味が薄いと思った自分を恥じた。自宅で休日に余ったキャベツと小麦粉を混ぜたものを焼いて、ソースをどぼどぼかけて食べるような料理とは違うのだ、これは。まあそれはそれで、おいしいんだけれども。

――自分はいつも、ちょっとソースをかけすぎているのかもしれない。

おいしさは、二切れ目、三切れ目と進むごとに深くなっていく。すべての材料、特に麺と小麦粉のおいしさ、甘みがよくわかった。

この繊細なお好み焼きには、確かに日本酒が合う。

しみじみ、「うまいな」と思いながら残りを食べた。

食べ終わり、酒を飲み干すと、何か、気持ちが落ち着いていた。自分は今、遠くには行けないのだ、と祥子は思った。娘の側にいてやらなくてはいけないのだから。

何が変わるのか、それがわかるまで、自分はここにいる。だから、たまにはこんな「小旅行」を許してやってもいいような気がした。

第十酒　高円寺　天ぷら

高円寺《こうえんじ》は、昔、何度か遊びに来たことがあるので知っている街だった。

歩いているだけで、当時の気持ちがこみ上げてくる。東京に一人で出てきて、不安と希望を同時に抱えながら生きていた頃……。なんとか仕事を探して、住むところも自分で決めて、でも、恋人も東京の友人もまだいなかった。

——何もなかったけど、自由だった。

その頃を思い出して心が不安にかき乱されるかと思ったのに、胸に浮かんできたのは、どこか懐かしさの入り混じった気持ちだった。

お金もなかったから、休日はこのあたりを散歩して、地理や雰囲気を覚えようとしていた。

東京の空気を吸っている気がした。

今日の相手は、あの頃の祥子と同じような気持ちを抱えた人だった。

「上京したばかりの、男子学生の部屋に行って来てほしい」

「上京? どこから?」

「我らが故郷、帯広だよ。親父《おやじ》の選挙区の人でさ。息子が東京の専門学校に入学して、高円寺のアパートで一人暮らししているんだけど、そろそろ三ヶ月になるのに、ろくに連絡もしてこないし、まだ部屋に行ったこともないんだって。親が行きたいと言っても必要ないってキレるし、いったいどんなところに住んでいるのかということだけでも調べてきてほしいらしい」

「じゃあ、深夜の必要ないじゃん」

「それが、近県に住んでいる親戚と会うとか、知人に見に行ってもらうとか、親がいろいろ提案してみても全部、断られた。昼間は忙しい、部屋がまだ片付いてないとか言うんだってさ。じゃあ、こういうサービスの人に引っ越しの後片付けの手伝いをしてもらうのはどうかって提案したら、『ならいい』ってやっとOKしてくれたらしい」

「なるほどねえ」

「そういうわけで、親に送るために部屋の写真を撮ってきて」

「え、盗撮するの？」

「盗撮とは聞こえが悪い。どうせ、学生が高円寺で住む部屋なんて六畳一間くらいだろう？　トイレに行っている間にでもパシャッと一枚撮ってさ」

「うーん」

「それが仕事なんだから。あと、月八万仕送りしてるらしいけど、部屋の家賃はどのくらいなのか、深夜にアルバイトしてるみたいだけど変なバイトじゃないのか、変な友達はいないか……そういうことを聞いてほしいって」

「探偵じゃないんだから」

「ま、探《さぐ》ることにはなるな、今回は」

「しかも、部屋の片付けもするんでしょ」

「そっちも頼むわ」

「はいはい」

「そういや、元旦那の奥さんが妊娠したんだって」

急に言われて、ドキッとする。

「なんで知ってるの」

「幸江《さちえ》に聞いた」

先週、旧友の彼女から久しぶりに電話があって、つい話してしまったのだった。

幸江は亀山と同様、北海道時代からの幼馴染《おさなじ》みだ。就職、結婚と環境が変わる中で少し疎遠《そえん》になっていたけど、離婚したばかりの頃、亀山とともに祥子を支えてくれたのが彼女だった。

「筒抜けだね」

「いや、向こうは俺がとっくに知ってると思ってたんだよ」

「はあ」

「まあ、いろいろ大変だな」

面倒なので、そのまま答えずに電話を切った。


「こんばんは」

できるだけ朗《ほが》らかに挨拶したつもりだが、ドアから顔をのぞかせた小岩良太《こいわりょうた》は、顎を引くような形でうなずいただけだった。

「引っ越しの後片付けの手伝いとお掃除に来ました。犬森祥子と申します」

彼は深夜一時頃までバイトがあるということだったので、部屋を訪ねたのは午前二時を過ぎていた。確かにこの時間では、深夜の仕事をする祥子たちのような人間に頼まざるをえない。

「あ、聞いてます」

「部屋に入っていいですか？」

「どうぞ」

彼はドアを開けたまま、身体を引いてくれた。

まだ、中学生か高校生にも見えるような、背の低い、幼さの残る青年だった。

「あ、でも、結構、片付いていますね」

「はい。まあ」

二つ以上の言葉は発さないと決めているのかな、と少しおかしくなった。

もともと、荷物の量も少ないのだろう。六畳のリビングにロフトが付いていて、そちらに布団《ふとん》を敷いているらしい。六畳にはテレビとローテーブル、座布団、プラスチック製の収納ケース、そして段ボール箱が三つ積んであった。部屋が片付いていないというのはこれのことだろうか。

「どうしましょう、あの段ボールの中の物を片付けましょうか」

「あ、あれは冬物とか、あと一応持ってきた本とか漫画とか……あと一つは実家から送ってきたやつです」

やっと二つ以上の言葉を聞けた。

「冬物はクローゼットの方に入れましょうか」

「お願いします。あんまり大きくないけど」

段ボール箱を開けると、セーターやコートなどの冬物が詰まっていた。断って作り付けのクローゼットを開くと、吊るされていたのはジャンパーと数枚のシャツだけだったので、簡単にかけることができた。

彼が「部屋が片付いていない」と言うほどのことはないように思った。

「……アルバイトで忙しいから、この時間にってことでしたけど、なんのアルバイトをしているんですか」

祥子の傍《かたわ》らにぼんやり立っている良太に声をかけた。

「あ。焼き肉屋です。新宿の」

彼は素直に答えた。それなら確かに、深夜になってしまってもしかたがない。深夜は深夜でも、親が心配しているような夜のバイトではないらしい。

「結構、忙しいんですか」

「昼間、学校があるから、課題とかもあるし……終わってからだと、七時くらいから深夜まで開いてる居酒屋とか焼き肉屋とかじゃないとダメなんです。うちの店も、二十四時間やってる」

「もっと遅くまで入ることもあるんですか？」

「朝までの時もあります」

「じゃあ、大変でしょう」

「しかたないから」

彼はぽつんと言った。

「学校でお友達はできましたか?」

祥子は二つ目の段ボールを開けながら尋ねた。確かに、漫画やアニメ関連の本がぎっしり入っている。自分の質問はなんだか、親戚のおばさんみたいだなと思った。

「……まあ、話す人はいます」

「そう。この本、どこに置きましょうか」

「あ。枕元に並べたいと思ってて。好きなものをそこに置いて、本を読みながら寝るのが夢だったから」

「いいですね」

彼は自分から動いて、ロフトの階段の途中まで上がり、祥子から本を受け取っては並べていった。

「ここ、家賃はいくらくらいなんですか」

「……五万八千円。管理費込みで」

「高円寺にしたら安いね」

そのくらいなら、仕送りとバイト代で生活していけるだろう、と計算した。

「私もこの街、好きなんですよ」

「そうなんですか」

「私も北海道なのよ。短大を出てから、こっちに来て」

ちょっとでも打ちとけてもらおうとして話した。


少し横道に入っただけで、小さな店がひしめき合っている。

ああ、これがこのあたりの雰囲気だった、と懐かしく、嬉しくなった。

『餃子《ぎょうざ》の王将《おうしょう》』の真っ赤な看板を見つけて、ふっと入りそうになる。

——久しぶりに王将の餃子でビールを飲もうかなあ。鶏の唐揚げがおいしいんだよな。脇に添えてある、謎の粉を付けるといくらでもビールが飲めてしまう。

かなり迷ったが、ここは別の店が見つからなかったら来る、と決めて奥に進んだ。

——そう言えば、昔、鰻《うなぎ》の店があったんだよな。カウンターだけの細長い小さな店で、七百円か八百円ぐらいでうな丼が食べられた。

しかし、その店はどこにも見当たらなかった。昨今の鰻の値段の高騰《こうとう》でなくなってしまったのか。

ふと、五人の客が店先に並んでいる店を見つけた。まだ開店前らしい。

——あらま、これだけ並んでいるとなると、気になる。よほどの人気店なのかな。店名から天ぷら屋と想像できる店だった。並びながら、スマートフォンを出して調べた。評判はどうなのか、値段が高すぎないか……。

さすがに開店前から客が並んでいるだけあって、店の評価は高い。テレビや雑誌で何度も紹介されている店のようだ。

——天丼が千四百円から……あ、でも天ぷらのセットも千五百円らしい。名物は卵を揚げた、玉子天丼？　ほう、これはいい。

そのまま一番後ろに並んで、開店を待つことにした。

店が開くと、皆常連客らしく、静かに入って順番にカウンターの端から座った。祥子は一番手前に座ることになった。

メニューは壁に貼ってあり、順番に「天丼、玉子天丼、海老《えび》天丼、Aランチ、Bランチ、玉子ランチ、盛り合わせ定食」とある。玉子ランチというのは、玉子天丼が最後に出てくるランチコースのようだ。メニューの最後に「特製ごま油で旬《しゅん》を揚げます」と書いてあった。わくわくする但し書きだった。

——玉子天丼は絶対食べたいな。で、どんぶりにするかランチにするか……うーん、値段は同じだから、きっとどんぶりの場合は全部が一緒にご飯の上にのってくるのかしら。

周りの人たちは慣れた様子で、「玉子ランチ」「こっちも玉子ランチ！」と注文を始めていて少し焦る。玉子ランチが一番人気みたいだった。

店の真ん中の柱に貼ってある、飲み物のメニューも見る。

ビール、ノンアルコールビール、日本酒、冷酒、ワイン、麦焼酎《じょうちゅう》、芋《いも》焼酎、ウーロンハイ……そして、ウーロン茶を始めとするソフトドリンク。

——カウンターだけの小さな店なのに、意外にたくさんアルコール類がある。夜も営業しているからだろう。ビールは瓶ビールのようだ。中瓶かな。あれは結構、量がある。うん、ここでワインというのも惹かれるけれど……。ワインの種類が書いてないね。赤なのか白なのか、選べるのかな。他の酒も、種類はいろいろあっても、銘柄までは記されていない。

しかし、こういう店は嫌いじゃないんだよなあと思う。無骨《ぶこつ》で無口で、でも中身は温かい、そんな男のように。東京にはそういう男はなかなかいないけれど。

「すみません、玉子ランチと冷酒をください」

「はい。玉子天丼が付きますけれど、それはあとにしますか」

祥子が酒を頼んだから、気を遣ってくれているのだろう。

「では、それでお願いします」

頼んだとたん、目の前に長方形の皿が置かれる。一枚、紙が敷かれている。

「塩がそこにあるから、皿にあらかじめ出しておくといいですよ」

店長らしき、天ぷらを揚げている六十歳くらいの男性から言われた。店には他に、彼を手伝う若い男性、そして、会計などをしている店長と同じくらいの歳の女性がいる。

冷酒には白菜の漬け物が付いてきた。それをつまみに一杯飲む。大手メーカーの生貯蔵酒で癖のない味だった。

「海老です」

すぐに海老天が紙の上にとん、とのった。

──海老からなんだ。主役が来ちゃうのねえ、最初に。天ぷらというのはそういうものなのかな。

考えてみれば、祥子はこういう、目の前で揚げてくれる店で天ぷらを食べたことは、これまでほとんどない。チェーン店で食べる天丼も十分おいしかったし。

海老に塩を付けてまず一口。

ほのかに香るごま油、衣はカリッとして海老は甘い。そこに冷酒を流し込んだ。というか、油と衣に、自然に猪口《ちょく》を持つ手が動く、そんな感じだった。

──合うねえ、天ぷらと日本酒、合う！　マリアージュという意味では最高の組み合わせではないか。

半分は塩で食べて、半分は天つゆで食べる。天つゆには大根おろしが入っていた。甘すぎない天つゆに付けた海老天が、また酒に合う。

——これ、塩と天つゆと、酒に合うのはどちらかぜんぜん選べない。どちらも最高だ。

海老の次はイカ。歯ごたえはあるけど、硬くない。さくっと嚙み切れるイカで、海の旨みがぎゅっと凝縮されたようだ。夢中で食べた。その次は鱚《きす》。小ぶりの鱚は軟らかな白身だ。これまた酒に合う。

「野菜です。なす、ピーマン、ブロッコリー」

ブロッコリー？　まったく初めて食べる天ぷらだった。

なすは衣の下に適度に油を吸った身を隠していて、ねっとりと甘く、食べ終えるのが惜《お》しいほどだった。ピーマンは臭《くさ》みや苦みがまったくない。いつも食べているピーマンと同じとは思えない。しかし野菜の圧巻は、なんと言ってもブロッコリーだった。カリカリで、でも中はほくほくだ。少し芋のような食感がある。

——この細かい花蕾《からい》の襞《ひだ》の部分にどうやって天ぷらの衣を付けたら、こんなにカリカリになるんだろうか。これは絶対に、素人《しろうと》ではできない料理だ。

コース全体が油っこくない。皿に敷いた紙の上に油の跡が残っているから、結構、吸っているのだとは思う。けれど、食感としてはそれがまったく感じられない。特製ごま油の効果なのか、これがプロの技というものなのか。

「こちらが海老のかき揚げです。あとは玉子天丼になります」

「お願いします」

「玉子天丼は醬油と甘いたれのどちらにしますか」

ちょっと迷った。

「甘いたれでお願いします」

天丼を待ちながら、かき揚げを食べる。

まずは塩で。カリカリでコリコリの衣に包まれて、ぎっしりと海老が入っている。

——最初海老で、最後がまた海老なんだねえ。いや、最初の海老とはまた違っておいしい。海老は天ぷらの王様なんだ。

店主は慣れた手つきで卵をそのまま、琥珀色の油に投入する。

——うわっ、生卵を油に入れちゃうのか……。

卵の白身が広がったところに、天ぷらの衣を菜箸《さいばし》の先ですくってぱらぱらと落とす。それが揚げ玉となって卵にまとわりついた。

たれがかかったご飯に揚がった玉子がのったものが出てきた。

まずは白身の部分と揚げ玉をご飯と一緒に頬張った。揚げ玉のカリカリに玉子、甘い丼つゆがからむ。これは、天ぷらの天つゆとは別物である。

――卵一つでごちそうになるんだなあ。

数口食べたあと、黄身を割る決心がついた。箸の先でつつくとぷよんぷよんと動く。いい感じだ。それでもおそるおそる、箸を刺す。

とろりと黄身があふれて白飯に広がる。それをすかさず箸ですくい、丼つゆがかかった部分と揚げ玉が一緒に口に入るように案配《あんばい》する。小さな工夫が楽しい。

――なるほど、これを食べるためだけにこの店に来る人の気持ちがわかる。究極の卵かけご飯だ。卵かけご飯に甘みと揚げ玉、ごま油が加わった新しい食べ物だ。

これまた、酒に合う。まったりと油っこい口の中を酒で洗い流すことほど、しみじみと嬉しいことはない。次は醤油の方でも食べてみたいと思った。

まだ、かき揚げの海老が残っていた。これも天つゆに浸《ひた》し、残ったご飯の上に置いて、天丼のようにして食べた。

冷酒は余すところなく、最後のご飯一口の前に飲み切った。

むずかしいお客さんだった、と今日会った青年を思い出した。

結局、最後まで彼の殻《から》をやぶることはできず、少ない荷物を片付けて、キッチンと風呂を掃除すると、何もすることがなくなった。

「何か他にお手伝いすることはありませんか」

尋ねてみても、彼は首を横に振った。

「そう……よかったら、始発電車が来るまで、ここで待たせてもらえませんか？」

「はい」

彼はロフトに上がり、祥子は一階で身を縮めるようにして仮眠をとった。

二時からの仕事は意外ときつかったようで、彼に揺り起こされるまで目覚めなかった。

「もう、学校行くから」

時計を見ると、十一時だった。

「あ、ごめんなさい。つい、寝過ごしちゃって」

「いや、俺も寝てたから」

何か飲み物を勧められることもなく、話が弾むようなことも一度もなかった。ここに来る前に買ったペットボトルのお茶を飲んでいると、「親になんて言うんですか」とぽつりと聞かれた。

「親に？」

「親に何か報告するために来たんでしょ」

祥子は何も言わなかった。

「わかりますよ。だって、来たい来たいってずっと言われてて、親戚とか寄こすとかも言われてて、それで唐突に片付けの手伝いをする人が来るとか言われたら」

ちょっと笑っただけで、イエスともノーとも答えないことにした。

「なんて言うんですか」

「……まあ、ありのままを言うしかないね」

「ありのままって」

「君はいかにも東京の学生らしい生活をしている、って」

彼はここに来て、初めて笑った。小さな八重歯《やえば》が口元から見えた。

「そうかな」

「学校入って、一人でアパート決めて、バイトにいそしんで……ちゃんとやってるって」

「東京の人みたいな暮らしができてるかな」

「できてるよ」

祥子は会社の名刺を出した。

「何かあったら、ここに連絡して。たいしたことはできないけど、皆、同郷だから相談くらいには乗れる」

彼は名刺をじっと見て、こくんとうなずいて手に取った。

「……金がかかるから」

「え」

「親が北海道から来ると、金がかかるでしょ。往復の飛行機代とか。毎月仕送りしてもらってるのに悪いから。だから、断った。あなたなら一万くらいだって聞いたから」

「そうですか。相談くらいならただで乗るから、連絡して」

「わかりました」

そのまま、部屋を出てきた。


結局、いい子だったのかな……。

そう思いながら彼のことを思い出していた。

いつか、明里も彼のように親のことを思いやって、拒絶したりすることがあるのだろうか。

元夫の再婚相手の妊娠について、彼自身と彼女も含めて一度は話し合わなくてはならないだろうと、ずっと考えていた。けれど、あちらからしたら、大げさすぎると言われそうだと恐れてもいた。

――明里にとって大変なことだとわかっていたら、彼から話してくれたはずだ。ちゃんと問いただして、話し合いに持ち込まなくてはいけないのは、少しやっかいだった。

さらに、角谷とも話さなければならない。

自分の身の上に、大きな渦《うず》のような流れが来ているのを祥子は感じた。

第十一酒　秩父　蕎麦《そば》　わらじカツ

深夜、角谷とＬＩＮＥのビデオ通話で話している時に、どこかに旅行でも行きませんか、と誘われた。ちょうど少し前から「遠くに行きたいな」と思っていたタイミングだったので、はい、と二つ返事で答えそうになって、すぐに娘のことを思い出して黙ってしまった。

「どこか近場の温泉でも」

角谷は祥子の思いなどまるで気がつかないようで、そう続けた。

「そうですか」

近場というのが「遠くへ」という願いとも違うし、温泉で遊んでいるわけにもいかない、という気持ちと重なって、イエスともノーとも取れない返事になった。

祥子の表情を読んだのか、「一泊だけですよ、でも、無理ならいいです」と言われた。

一泊ならいつも仕事に出ているのとそう変わらないのだ、と気づいた。

「ちょっと郊外に行って、蕎麦《そば》を食べて、温泉に入る、というのが好きなんです」

「あ、いいですね」

今度は自然に返事ができた。

「祥子さんには土地の銘酒を飲んでいただく、ということもできます。私が運転しますから」

祥子はうまい蕎麦、冷たい地酒で一杯やる、という光景を想像して、思わずうなずいてしまった。

「じゃあ、そういうことで」

次の土日を空けておいてください、と言われた。

仕事が終わったあと、角谷が三軒茶屋《さんげんぢゃや》までレンタカーで迎えに来てくれた。助手席に座り、しばらく話したところまでは覚えているのだけど、気がつくとぐっすりと寝込んでいた。

「そろそろ、着きますよ」

その声で、はっと目が覚めた。あたりを見回すと、風景はすでに地方都市のたたずまいだった。田園風景と住宅地が交互に現れる。

「ごめんなさい！」

とっさに謝ってしまった。

「どうしてですか」

「つい、眠ってしまって」

「仕事のあとなのだから、当然ですよ。東京を出たあたりで、『寝ていいよ』って言ったのは僕ですし」

覚えてないですか、と尋ねられた。

「ぜんぜん」

「じゃあ、もう寝ていたんですね」

数時間でも寝たあとだからか、頭がすっきりしている。急にお腹が減ってきた。

「ここはどこですか」

「秩父《ちちぶ》です。秩父は蕎麦処《そばどころ》で、温泉もあるんですよ」

角谷は踏切を渡った。

「あれ、このあたりのはずなのになあ」

角谷は車を路肩に停めると、カーナビとスマホを交互に見つつ、言った。

駅に近い場所にある店で、踏切を渡ると左側にあるはずだと言う。けれど、そこには住宅街が広がっていた。

「この道を入っていいのかな」

家と家の間に、やっと車一台が通れるような細い道があった。

「地図からすると、ここしかないですよね」

祥子も首をひねりながら言った。それに勢いを得たかのように、角谷はハンドルを切った。おそるおそる入っていく。

すると、奥の方に車が四台駐められる駐車場と、「蕎麦」ののぼりが立つ、少し大きめの二階建て住宅があった。

「やっぱり、ここのようですね」

「よかった」

店はホームメーカーが造る建売住宅のようなごく普通の家で、のぼりがなかったら絶対にわからない。

「前に来たことがあるんです。その時は別の場所にあって、古い平屋の木造家屋だったんですが……移転したんですね」

角谷が先に立って店のドアを開いた。玄関で靴を脱いで、スリッパを履《は》くようになっている。なんだか本当に、二人で知り合いの家にお呼ばれしたような感じだった。

「いらっしゃいませー、こちらにどうぞー」

初老の女性に導かれて、居間のような部屋に通される。二つのテーブルがあって、すでに別のカップルが座っていた。他にも一階に三室、二階に二室あって、同様にテーブル席があるようだった。

角谷が慣れた様子でメニューを広げ、「メニューは変わらないようだな」と言った。

「蕎麦の他に、秩父の名物も食べられるんですよ」

「へえ」

「わらじカツとか、みそポテトとか」

単品もあるが、わらじカツのカツ丼と蕎麦のセット、ローストビーフ丼と蕎麦のセットがある。なんと、両方とも千三百円だった。写真を見た限りでは安い気がした。

「僕はわらじカツのセットにしようかなあ。わらじカツというのは、タレカツ丼の一種です」

「私はローストビーフ丼の方のセットにしようかしら」

「半分こしましょう。それから、みそポテトもおいしいから、一本ずつ頼みますか。酒のあてにもなりますからね」

「じゃあ、冷酒を頼みます」

冷酒は一種類だけで、「武甲正宗《ぶこうまさむね》」という秩父の銘酒だった。純米大吟醸《だいぎんじょう》を注文する。

蕎麦が来る前に、「武甲正宗」の小瓶とガラスの猪口、突き出しの五目豆《ごもくまめ》が運ばれてきた。

　五目豆は甘みの強い家庭的な味で、酒を飲む時のおつまみとして最高だった。豆をつまんでいると、みそポテトが運ばれてきた。

「あ、こういう感じですか」

　思わず、声が出てしまう。

「どういう感じだと思ったのですか」

　角谷が微笑みながら聞いてきた。

「北海道にも『あげいも』というのがあるんです。小さめの丸いジャガイモに衣を付けて、揚げて串《くし》に刺しています。衣はいろいろなのですが、イメージ的にはホットケーキミックスを使った甘いのが多いです。サービスエリアやお土産店で売っているような素朴な食べ物です。そういうのを想像していました」

「へえ」

「これは天ぷらっぽいですね」

　四つに割った大きなジャガイモに、白い天ぷらのような衣が付いたものが三つ串に刺さっている。そして、味噌だれがかかっていた。

「どうぞ、食べてください」

祥子はそっと串から抜いて、一つを口に入れてみた。

味噌は甘い。田楽《でんがく》にかかっているたれの味に似ていた。天ぷらの油っこい甘みと合わさって、おやつともおかずともつかない、旨さを醸《かも》し出している。確かに、これは酒に合いそうだ。ビールやハイボールでもいいだろう。

「おいしいですね」

「埼玉は農業県ですから、こういう野菜や芋を使った料理がたくさんあるんですよ」

「おいしいけど、蕎麦の前にお腹がいっぱいになってしまいそう。お酒も全部飲んじゃいそうです」

「どうぞ、おかわりしてください」

しかし、これからまだ温泉旅館に行くのに、そう酒ばかり飲んでもいられない。角谷に話さなければならないこともある。

「本当に、よく寝ていましたね」

角谷が芋をかじりながら言う。

「ごめんなさい」

思わず、口を覆ってしまった。

「いいんです。ただ、かなり深い眠りで、完全に熟睡しているように見えましたから、疲れていたところを誘ったんじゃないかって心配になりました」

「本当にすみません。でも、車に揺られるリズムが、とても気持ちよかったです。おかげで頭もすっきりしたみたい」

「それならよかった」

祥子はもっとうまくお礼が言いたかった。仕事で疲れ切っていたところで車に乗り、何も記憶がないくらい眠って、目が覚めたらおいしいものを食べさせてもらって。

自分が、優しく甘やかされている気がした。

「疲れる仕事だったんですか」

「どうでしょう」

祥子は考えた。

「実は、昨日は不思議な仕事でした」

「見守り屋だったんでしょう」

「もちろんです。前にも呼ばれたことがある老人なんですが」

「ええ」

「もう、その人はほとんど意識がなくて」

「え」

「自宅で介護されているのですが、寝たきりなんです。そのベッドの横にソファが置いてあって、そこで寝てほしい、というのが依頼でした」

「添い寝する、ということですか。それとも介護的な？」

「まあ、ベッドは別ですけど、添い寝に近いですね。介護はしませんでしたから」

「それは誰からのご依頼なんですか？」

「あまり事情は説明できないんですが……」

それは数ヶ月前に初めて依頼されてから何度か見守りに訪れている、占い師の老人の家だった。

「今日は部屋に入ってから出るまで、一言も話しませんでした。ただ、意識のない老人の横にずっといるだけなんです。だけど、何か……」

祥子は猪口を手に、じっと考えた。

「朝になると、何か、頭の中はずっと考え事をしていたように疲れていて。身体の方はひどい風邪《かぜ》が治ったあとみたいにだるいんです」

「どういうことなんでしょう」

「時々、あるんです。見守りで横にいるだけなのに、相手の疲れや悲しみが移ってしまうこと。昨日、その人は私が行った時には苦しそうにいびきをかいて眠っていたのに、朝はすやすやと穏やかでした。だから、何か、よいことをしたのでしょう」

「それならいいが」

角谷は眉をひそめた。

「まあ、これから温泉に行くのですから、ゆっくり休んだらさらに元気になれると思います」

話し終わったタイミングで、二人の前に大きなお膳が運ばれてきた。

思わず、「うわー」と声が出てしまう。

祥子の方にはせいろ蕎麦と真っ赤なローストビーフが敷き詰められた小どんぶりがのっていた。ローストビーフの上に大きくてつやつやな生卵の黄身とわさびがのり、白いソースがかかっている。他に、梅干しとわさび漬け、大根の漬け物の小皿があった。蕎麦つゆの薬味はわさび、白ネギ、大根おろしである。

角谷の方には同じ蕎麦と、平べったく小さなお弁当のような容器がのってきた。祥子の方がずっと豪華で華やかで、なんだか申し訳ないような気持ちになってしまう。

すると、角谷が微笑んで、「ほら」と弁当箱を開いた。するとその中には、とんカツがご飯の上いっぱいに広がっていた。

「あー、それもいい」

子供のように、指をさしてしまう。

「でしょう」

祥子はまず、小どんぶりを引き寄せ、大きなローストビーフでご飯を包み込んで一口で食べた。

「おいしい。それに、肉が軟らかい」

「そうですか」

「正直、そんなに期待していなかったんです。いえ、もちろん期待はしていたのですが、赤身肉だしちょっと硬いかもしれない、あまり旨みのない牛肉かもしれない、って覚悟してたんです。お値段が安いから……。でも思っていたより、ずっとおいしい。いいお肉を上手に調理しているのがわかります。たれもすごくおいしい」

「蕎麦を食べたら、こっちのカツもどうぞ」

蕎麦も素晴らしい。つるつるの喉越しだが、嚙みごたえがあって蕎麦本来の香りが強い、真面目な蕎麦だった。つゆも甘めだ。こちらで冷酒を一杯。

「おいしいなあ。蕎麦と日本酒、やっぱりすごく合う」

「よかったですね」

「あ、ごめんなさい。私ばっかり飲んで」

「いいえ、そのつもりで来たし、今日の宿は料理の最後に蕎麦が出ますから」

さあ、こっちも食べてください、と角谷は自分のカツ丼を渡してくれた。

「じゃあ、ローストビーフもどうぞ」

女性の手のひらくらいの大きさの重箱である。そこにたれに浸したらしいカツがのっている。箸をそっと入れてみると、それだけで切れるほどに軟らかい。口に入れるとたれが甘く、軟らかいけれどしっかりした旨みと嚙みごたえのあるカツが迎えてくれた。

「このカツ、独特な軟らかさですね」

「ええ、タレに浸しただけで切ってないし、そのままどん、とご飯の上にのっているのに、食べやすい」

「肉を揚げる前によく叩いているのかもしれませんね。もしくは、筋切りが抜群にうまいのか。とはいえ、叩きすぎて薄くなったり、ぐにゃぐにゃに軟らかくなりすぎたりはしていない」

うなってしまう。さらに冷酒がすすむ。

角谷がローストビーフとご飯を食べた。

「確かに、このローストビーフも絶品ですね」

「でしょう。こんなに軟らかくて肉の味がしっかりしているローストビーフ、久しぶりに食べました。タレもおいしいし」

祥子は返してもらったローストビーフ丼の黄身を潰して、牛肉とご飯、卵を一緒に頰張った。

「ああ、間違いないわ。さらにこってりしておいしい」

そこに癖のない冷酒を飲む。少し粘《ねば》つく口内を、旨みと一緒に酒が洗い流していく。

「最高だわ」

すべて大満足の店だと思った。

「ここ、東京にあったら、流行るでしょうねえ」

「でも、この値段ではできない」

「食べたくなってもすぐに来られないのが残念ね」

「おいしいものというのはそういうものかもしれません」

確かに、こういう一期一会《いちごいちえ》が、角谷が好きな「郊外で蕎麦を食べて温泉に入る」ということの醍醐味《だいごみ》かもしれなかった。

旅館に着いて、温泉に入り、夕食を食べた。

角谷の言う通り、食事の最後に蕎麦が出て、彼はそれを食べながらおいしそうに日本酒を飲んだ。

さらに食後、「夜食用にどうぞ」と仲居さんが小さめのおにぎりを二つ、持ってきてくれた。

「……これは、ありがたいけど太っちゃいますね」

祥子は思わず苦笑いした。

「でも、食べるんでしょう?」

「もちろん」

また温泉に入り、テレビを小さい音でつけて、おにぎりを食べながらビールを飲んだ。

この上なくリラックスした気持ちで、祥子は自然にその話を始められた。

娘の父親とその新しい妻に赤ちゃんができたこと、向こうからアクションはないが娘は少し動揺していること、今後どうなるかは未定であること。

そして、一番大切なことを言った。

「明里の希望次第では、彼女と一緒に暮らすことも考えています」

角谷は黙ってうなずいた。無表情だった。けれど、冷たい無表情ではなく、温《ぬく》もりのある無表情……。

「今すぐではないかもしれません。だけど、今後の人生の中で……例えば、子供が生まれて最初はうまくいっていても、いろんなことが変化してくるかもしれません。そうしたら、やっぱり同居するかもしれません。例えば、明里がティーンエイジャーになってからそういうことになるかもしれない」

「そうですね」

「向こうは義父母……つまり明里の祖父母の意向もありますが」

元夫の義父母のことを話すなんて……嫌がられてもしかたないと思いながら説明した。

「ごめんなさい。でも、私と付き合うということは、これからずっとそういう可能性があるということになります」

「わかりました」

角谷はうなずいた。

「正直言って、今お聞きした限りでは……」

祥子は顔を上げた。いったい、彼はどう思ったのだろう。

「そんな顔しないで」

祥子と目が合うと、角谷は顔をくしゃくしゃにして笑った。

「さあ」

彼は自分の胸のあたりを軽く叩いた。祥子は少したためらいながら、自分の頭をそこにもたせかけた。

「大丈夫、大丈夫」

　彼は背中をさすってくれた。

「大丈夫かしら」

「大丈夫です。なんとかなります」

「そうかしら」

　彼は祥子の身を起こさせて、再び、目を合わせた。

「僕が言おうとしていたのは、今の話では祥子さんはほとんど受け身だということです」

「受け身」

「あちらがどう出るのか、明里さんがどうしたいのか、それによって祥子さんの対応やこれからの生活、人生が変わるんですよね」

「まあ、そうですね」

「そして、僕はさらに受け身です。祥子さんがどうするのか、何を選択するのか、僕には決めようがない。そして、自分がどうするのかも、祥子さんの選択次第です」

「まあ、そうですけど」

「明里さんのことが関わっている以上、お互い、選択肢《し》は少ないです」

「……ええ」

「だけど、できるだけ一緒にいられるように考えましょう」

祥子は思わず、ため息をついた。なんだか、少しほっとした。

「ありがとうございます」

「なんとかなりますよ。僕もいろいろ考えてみます」

「ええ」

「仕事だって、明里さんと一緒に暮らすとなったら、祥子さんは今のままというわけにはいかないでしょう」

そうだった。子供を引き取るなら、深夜の、あまり安定しているとは言えない今の仕事を続けられるかもわからない。

「そのことも含めて、何かいい方法があるといいが」

角谷は考える顔になった。

「まあ、一つずつ、問題を解決していきましょう」

「わかりました」

角谷の言葉はありがたく、嬉しいものだった。

けれど祥子は、ことはそう簡単には運ばないだろう、と密《ひそ》かに考えていた。

祥子が言うと、義徳もすぐにうなずいた。

「まあ、祥子がなんか言ってくるとは思ったよ」

悪気なく口にしているんだろうと思う。だけど、なんだかかちんとくる言い方だと思った。「なんか」にも「言ってくる」にも、どこか「いちゃもんをつけてくる」ような響きがあると思うのは、考えすぎだろうか。

そこはぐっと我慢するにしても、私が「なんか言ってくる」と思っていたのなら、そちらから説明なり、話し合いなりを提示してくれたらいいのに、と思った。

しかし、とにかくすべてを飲み込んで続けた。

「明里の今後のことなんだけど」

さすがの義徳も重々しくうなずいた。

「祥子の心配もわかるけど、生まれる子供のことはあの子も承知してる。新しく弟か妹ができるって、楽しみにしてるんだ」

「ええ、私にもそう言ってた」

「じゃあ、何が問題なんだ」

「問題というか……」

祥子は言いよどんだ。

やはり、美奈穂に来てもらった方がよかったかもしれない。義徳は悪い人間ではないが、何事も少し単純に考えすぎるところがある。物事の機微というか、微妙なところをわかってない。美奈穂の方がまだ、理解してくれそうな気がした。

「本当のところ、明里がどう思っているのかわからないし、一度ちゃんと聞いた方がいいかと思って」

「ちゃんとって言うけど、明里とは普段からちゃんと話してるよ。なんか不満や不安があれば、きっと口にしてくれていると思う」

「そうかなあ」

祥子は飲みかけのコーヒーを見つめた。

「お前が思っているより、明里はしっかりしてる。自分の要望は言えるし、美奈穂にわがままを言う時もある。離婚した頃より成長しているんだ。祥子みたいに言いたいことをいつも我慢してます、みたいな顔はしてないんだ」

ひどいこと言うわね、という言葉をやっぱり言えずに、思わずにらみ返した。

「ほら、そういうところ。俺が気がついてないと思ってた？　祥子はいつもそれだ。なんか勝手に我慢して、勝手に怒ってる」

確かに、自分にもいけない部分があると思った祥子は、ますます何も言えなくなってしまった。

「だいたい、本当に明里が嫌なら、お前に言っているはずだろ」

義徳が言うことはまったくもってその通りで、しばらく沈黙が続いた。

「……あなたの言うことはわかるけど」

祥子は考えながら、口を開いた。

「私が話したかったのは、今この時……これから数年のことだけじゃなくて、将来的なことも含めての明里の気持ちを確かめたいということなんだ。もちろん、弟か妹ができて嬉しいと思うんだけど、生まれたら思っていたのと違うということになるかもしれない。それに、中学生や高校生になればさらに気持ちが変わってくるかもしれない。その時、私の方に来てもいいよ、ということを明里にも伝えたかったし、あなたや美奈穂さんにも言いたかった。新しい子供ができれば、あなたたちも気持ちが変わるかもしれない」

「新しい子供ができたからって、俺たちが態度を変えるような親に見えるのか」

声は抑えていたけど、語気は荒かった。

「ごめんなさい。そういう意味じゃないけど」

「じゃあ、どういう意味だよ」

「私の方にも引き取る気持ちがあるってことだけ、わかってほしかった」

彼は言い返してこず、目をそらして貧乏揺すりをしていた。そういう時は何も話しかけない方がいいのを祥子は知っていた。

「……わかったけど、今の祥子の仕事では収入が安定しない。何よりも家にいてやることができなくて、明里を狭い部屋でひとりぼっちにするような状態じゃ、うちの親たちが渡すことを認めるとは思えないぞ」

確かに、彼の言う通りだった。

「私も考えている。仕事のことも家のことも」

「なんかあてはあるのか。たとえ、お前がちゃんと就職したとしても、いや、したとしたらなおさら、昼間誰もいない家に明里が帰ってくることになる。それじゃ、ダメなんだ」

「ええ」

「家に帰れば美奈穂がいて、彼女がいなくても、少し歩けばうちの両親の家がある、今以上の環境を明里のために整えられるのか、よく考えた方がいい」

「わかってる、だけど」

「だけど、なんなんだよ」

「それはそれとして、明里にちゃんとわかってほしい。もしも、何かがあった時、自分一人で耐えるだけじゃなくて、私の方に来ることもできる、そういう道もあることを言っておきたい。そして、それをあなたたちも認めていることをあの子に伝えたい」

祥子は義徳を見つめ返した。

「あの子を一時も不安にしたくない。この家に自分の居場所がないと思った時に、別に居場所があるということを伝えたいし、それをあなたにも認めてほしい。それだけなの」

コーヒーを見つめることになったのは今度は彼の方だった。


今日の仕事は、昔、何度か呼ばれたことがある元キャバクラ嬢、横井《よこい》の家だった。以前は武蔵小山《むさしこやま》の近くに住んでいて、当時三歳だった娘、華絵《はなえ》が熱を出した時などに何度か呼ばれた。その後、母親はキャバクラを辞め、貯めたお金で荻窪に弁当屋を開いたらしい。正直、あの頃は華やかな女性だったという印象しかなく、家に食べ物もろくに置いてないような記憶しかなかったので、聞いた時は驚いた。けれど、その選択は華絵にとってはきっとよいことだろうと嬉しくなった。

「久しぶりにお願いしたいってさ。母親は金曜の夜、中学のクラス会に参加したあと、そのまま店に行って弁当の仕込みに入る。朝のお客が一段落して、家に戻るまでいてほしいって」

亀山に言われた時、胸がいっぱいになった。

「今、あの子、いくつになったんだろう」

「五歳だって」

「大きくなっているよねえ」

「俺は会ったことないから、知らんけど、まあ、そうだろうな」

指定されていた住所のマンションに着くと、華絵ちゃん自身がドアを開けてくれた。昔は赤ちゃん、赤ちゃんしていたのに、ボブに切りそろえた髪形が妙に大人びていた。

「私のこと、覚えている？」

祥子が自分の顔を指さしながらそう尋ねると、華絵は笑いながら「覚えているような、覚えていないような」と言いながら小首をかしげた。その動作も声も、やっぱり昔よりずっとお姉さんになっていて、うっかりすると目頭《めがしら》が熱くなってしまいそうだった。

「前は、華絵ちゃんの保育園によくお迎えに行ったんだよ」

彼女が出してくれたスリッパを履きながら言った。

「ママに聞いたよ」

「華絵ちゃんは私のこと、しょうちゃんって呼んでたよ」

「ふうーん」

また小首をかしげた。

「ママはもう出かけているんだよね」

「はい。お店から行くことになったので」

はきはきと答える。

「ご飯は食べたの？」

「うん。冷蔵庫に入れてあるのをチンした」

確かに、テーブルの上に、小さなお茶碗やお箸が並んでいた。本当にずいぶん大きくなったんだな、と実感した。

それを片付けて、宿題を手伝ってやり、一緒にテレビを観た。華絵は、最初少し緊張していたもののすぐに慣れて、テレビを観る頃には祥子が昔からずっとこの家に来ているような雰囲気になった。

「もしかしたら、思い出したかも」

子供部屋のベッドに寝かしつけて、本を読んでやり、布団を首までかけた時、彼女はふっと言った。

「え」

「しょうちゃんのこと、少し思い出したかも」

本当にそうだろうか、と思った。

数時間一緒にいただけでもすぐにわかった。まだ五歳なのに彼女は人に気を遣う。きっと、これまでいろんな人に預けられてきたんだろう。

「そう？　ありがと」

それでも、礼を言って、布団の上からぽんぽんと叩いてやると、満足そうにうなずいて目を閉じた。

祥子はじっと彼女の横に座って、暗闇の中で見守っていた。昔したのと同じように。しようちゃんはいいね、とよく華絵は言った。どうして、と聞くと、ママと違って、ずっと一緒に起きていてくれるから、と。そう言ってなついてくれる嬉しさもあったが、一緒にいてやれない自分の子供のことを思って、胸が痛かった。


元夫と明里とは、一度一緒に会って話すことになった。

「美奈穂さんも来てもいいよ」と言ったけど、彼は首を横に振った。

「今日、会うことも言ってないから」

しかたないことだが、彼は妻には気を遣いすぎ、祥子には気を遣わなすぎだと思う。そんなこと絶対に口にはしないけど。

しかし、彼がいいと思っているなら、かまわない。

問題は明里のことなのだから。

とにかく、彼女がどう思っているのか知りたい。

今朝、慌てて帰ってきた華絵の母とはわずかに言葉を交わしただけだった。

「お変わりないですね」

昔は、疲れていたせいか素っ気ない顔しか見たことがなかったが、今朝の彼女は如才《じょさい》なく微笑んだ。

仕込みのあとだったからか髪はひっつめに結ばれていた。美しい人だからそれで十分だったし、弁当屋の店主として忙しく働いている自信に満ちあふれていた。

「横井さんも」

そう答えながら、彼女は母親として、人として成長しているのに、自分はいつまでも同じようなことを続けていただけだ、と気づいていた。

最後に残った、むね肉を取り上げ、かぶりつく。

淡泊だけれども、軟らかい。皮はまだぱりぱりしていた。それをビールで流し込んだ。

さらに、しょうがご飯をここでやっと食べた。

ほどよい醬油味に、しょうががぴりっと効いている。から揚げにもビールにも合う。

――これは当たりだった。

肉を食べて、ご飯を食べて、ビールを飲み、気力がわいてくるのがわかった。

――なぜだろうな。から揚げを食べると、元気が出てくる。いつもだ。

明里にちゃんと気持ちを伝えたいし、話をしたい。真剣に自分が話していること、彼女を大切に思っていることを。

二人と会う時は、そういう店を選びたいと思った。

第十三酒　広島　ビール

元夫と娘との会食を来週にひかえながら、祥子は新幹線に乗っていた。新幹線に四時間近くも乗るのは初めての経験だった。

「朝、新幹線に乗って広島入りしてくれ。駅前のホテルを取ってあるからそこに泊まって、好きなように過ごしてくれていい」

数日前に亀山の事務所に呼ばれて、仕事の内容を説明された。

「は？」

「向こうは忙しい人なんだ。ちょうどその頃、広島にいるらしい。手が空いたら呼ぶから、それまで気にせず好きなようにしていていいってさ」

「どういうこと？　誰なの、相手は」

「どうも、中国地方に住んでいる有名なフリーライターというか、ジャーナリストのような人らしい。——って知ってる？」

「さあ」

亀山に出された名前に聞き覚えはなかった。もっとも、祥子はそういうタイプのノンフィクションはほとんど読まないのでしかたないかもしれない。

「普段は政治関係の記事や本を書いているんだ。うちの親父やじいちゃんも何度か取材されたことがあるからちゃんとした人だ。今は変わった仕事をしている人に話を聞いてまとめているらしい。うちのことをどこかで聞いて依頼してきた」

「そんなの、あなたが話をした方がいいのに」

「だろ？　俺もそう言ったけど、女性の方がいいんだってよ。しかもシングルマザーっていうのが気に入ったらしい」

「ふーん」

「ざっくばらんに話を聞きたいから、広島では好きに過ごしていいってさ。もちろん、食事やお酒もＯＫで、領収書を出してくれたらちゃんと払うって」

「ずいぶん、太っ腹だねえ」

「いや、本当に忙しい人で、そういうふうにしか時間が取れないのを申し訳ないって謝ってたよ。ただ、匿名《とくめい》にするけど話の内容を好きなように使うことを許可してほしいって」

「なんかやだなあ」

「でも、もしも記事や本にする時には原稿のチェックもさせるって。そして、ギャラは二泊三日で……」

亀山は、ぱっと両手を開いた。

「出張費も含めて、これだけ出すって。もちろん、経費は別で」

それだけあったら、娘に少し贅沢なものも食べさせてやれるな、と思ったら頭が自然に動いてうなずいていた。

「じゃあ、いいかあ」

「まあ、気楽に広島で遊んで、ちょっとお小遣いもらって帰ってくるつもりで行ってきたら。たぶん、一日目に呼び出すことはないって」

いまひとつ要領をえないが、亀山からの説明はそれがすべてだった。

「まあ、いつも同じだけど、どうしても嫌なことがあったら帰ってこい。別にかまわないから」

今までそんな事態になったことはないけれど、そう言ってくれる同級生でもある亀山を祥子は信用している。

広島駅に着くと、新幹線の改札口で尋ねた。

「すみません。ekie《エキエ》という場所の中にある店に行きたいんですけど、どちらに行ったらいいですか」

若い駅員は、「このまま改札を出ると、目の前のビルがｅｋｉｅですよ」と軽く微笑みながら答えた。

「あ、すぐなんですね」

礼を言って、改札口を出る。

新しくて大きな駅ビルだった。入ったところに大きな土産物店が並んでおり、「もみじまんじゅう」の店が何軒もある。どこも「生キャラメルもみじ」「メープルもみじ」「パンプキンもみじ」など、さまざまな新製品をカラー写真で宣伝していた。

――私は普通のこしあんが一番好きだけど、それはもう古いのかなあ。

店の間を奥まで突っ切ると、階下に下りるエスカレーターがあって、大きな立て看板に「ちょい飲みセット」という文字が躍っていた。

千円程度で楽しめるアルコール類とおつまみのセットを各店が競っている。

「串カツとビール」「から揚げとビール」「餃子とビール」などの定番はもちろん、広島らしい「生牡蠣と白ワイン」「チーズ焼きそばとビール」のセットもある。また、広島特産物のおつまみを少しずつのせた一皿に、広島産のレモンを使ったサワーを合わせたものなど、どれも魅力的だった。

――うーん、今、自分が狙っている店がなければ、ここでいくつか食べて行くんだけどねえ。

祥子はエスカレーターで階下に降りて、びっしりと並んでいる食べ物屋を横目で見ながら歩いた。事前に、ネットやガイドブックを使って、目当ての店は決めていた。

一度建物を出て、また、駅の構内に戻ると、今度は南北自由通路を挟んで反対側にもあるｅｋｉｅに入った。そこにはお菓子屋やケーキ屋、お惣菜屋《そうざいや》などの店舗が並んでいた。

そのフロアのちょうど中央あたりにその店はあった。

『ビールスタンド』というのが店の名前で、隣はやはりスタンド式の珈琲《コーヒー》店だった。二軒の前にカウンタータイプのテーブルが並んでいる。両店とも席は自由だ。

平日の昼過ぎということもあって、ほとんど人はいない。祥子はテーブルの脇に小型のスーツケースを置いて、店に近づいた。

店の前に、ビールの種類をイラストで描いたメニューが貼ってある。しかし、普通のビール専門店とは違って、ビールの種類は「ほぼ」一種類だけ（一応、瓶入りのノンアルコールビールも置いてある）。すべては「注ぎ方」の違いだった。

「一度つぎ」「二度つぎ」「三度つぎ」「マイルドつぎ」「シャープつぎ」

「ミルコ」「ひろしまレモンミルコ」「ひろしまミルコ」

メニューの前に思わず、たたずんでしまった。

「いらっしゃいませ」

若い男性がにこやかに声をかけてくれる。

「……あの、初めてなんですけど、まず何を飲んだらいいでしょう」

「えー」

祥子の聞き方が漠然《ばくぜん》としすぎていたのか、彼の方もちょっと戸惑っている。

「あ。とりあえず、二杯くらいは飲もうと思っています。としたら、一番差がある、というか、味の違いがわかりやすいのはどれでしょうか」

「そうですね……」

彼はちょっと考えて、「一度つぎがやはり一番、一般的というか普通の注ぎ方ですので、例えば、一度つぎとマイルドつぎか、ビール好きの方ならシャープつぎもおすすめです。差がわかりやすいということでしたら、一度つぎと三度つぎもいいですよ」と言った。

メニューには、一度つぎに「のどごし」、二度つぎに「うまみ」、三度つぎに「泡はほろ苦」、マイルドつぎに「なめらか、優しい」、シャープつぎに「キリッと炭酸」と書き添えてあった。

ミルコはグラスの中がほぼ泡だけになるような注ぎ方らしい。ビールの部分は一センチほどしかない。こんなビールは見たことがなかった。泡ばかりだからか、値段は半額である。

祥子は少し迷ったけれど、三度つぎのイラストに大きくこんもりと泡がのっているのを見て、「では、一度つぎと三度つぎをお願いします」と言った。

「三度つぎは三分くらいお時間いただきますけど、よろしいですか」

広島まで四時間かけてきたのだ。三分くらい、なんだろう。

「大丈夫です」

「一度に二つとも作っちゃって、いいですか」

「あ、いえ……」

さすがに、一度にビール二杯はおいしく味わえないかもしれない。

「最初に、一度つぎを作ってもらって、しばらくしてから三度つぎをお願いしてもいいですか」

「はい。では、声をかけてください」

一度つぎのビールを目の前で注いでもらう。

大きなグラスを出して、まず手前の台に伏せると、下から水が噴水のように噴き出した。

「……それは水ですか？」

祥子が思わず尋ねると、「はい、そうです」と彼はグラスを小さな噴水から離して、答えた。

「洗っているんですか？」

「ええ、それもあるんですけど、グラスって、実はグラスでも細かい傷がついているんですね。それが引っかかりになって泡がきれいにつかないんです。ご家庭でビールを飲まれる時も、さっと水でゆすいでから注がれると泡がきれいにできますよ」

「へえ！」

いいこと聞いた、と嬉しくなる。

彼はそこから、金色に輝くビールサーバーの取っ手を手慣れた様子で操作して、ビールをグラスに注いだ。泡が少しあふれてグラスの外側が濡《ぬ》れる。どうするのだろうと見ていると、グラスごと、それより少し大きなプラスチックのコップに水が入ったものにちゃぽんと浸けて、周りの泡を洗い流し、布巾《ふきん》の上に一度置いて水を切り、「どうぞ」と出してくれた。

「ありがとうございます」

頭を下げて受け取り、テーブルの椅子に腰掛けて飲んだ。

軽い苦み、飲みやすく爽やかな泡とコクが喉を落ちていく。

――いくらでも飲めるよねえ。これは。

思った以上に飲みやすい。でも、もちろん、旨みやコクがないわけではない。飲みやすい、普通のビールの最高峰、と言ったらいいのだろうか。手が勝手に、ぐいぐいと喉に注ぎ込んでしまう。

――私はこのために、新幹線の中で一滴も飲まなかったんだもの。それどころじゃない、何も食べずに来たんだもの。

半分まで一気に飲み干してしまった。

そこまで飲んだところで、「三度つぎ、お願いします」と頼んだ。

また、彼はグラスを逆さまにして、噴水で洗い、サーバーの下にセットした。今度は一気に注ぎ込み、グラスの中がほとんど泡になってしまう。それをいったん、置いた。しばらく休ませて、ビールの泡が液体に戻るのを待つらしい。

――あんまりじっと見ているのも悪いかな。

祥子は一度つぎをちょびちょび飲みながら、目を時々そちらに走らせた。

泡だらけだったグラスに液体部分が半分ほどできると、彼はまたビールを注ぎ込む。そして、また置く。最後に七分《ぶ》ほどまでビールが入ったグラスに、こんもりと泡をのせるように三度目を注いだ。

「お待たせしました」

「ありがとうございます。いただきます」

まるで、絵のように……いや、ビールの広告の写真のように、と言ったらいいのか、白い泡がこんもり盛り上がっている。それにそっと口をつけた。どうやって飲んだらいいのかわからなくて、とりあえず、なめるように。

――これは……泡が硬いよ。すごいな。

泡がしっかりしている。硬い泡に阻《はば》まれながら、下のビールを飲む、というか。

――いや、これは初めての体験、口当たりだわ。

しかし、口に入ってきた、下のビールはなめらかで甘い。

慌てて、一度つぎのビールを飲んで比べる。

さっきも十分、飲みやすくて爽やかなビールだった。でも、今度は違う。ぜんぜん違う。優しく軟らかなビールをほろ苦の泡が包んでいる。

その味の違いは三度つぎのビールの泡がだんだん収まり（さすがに、硬い泡でも永久には残っていない）、見た目が一つとも変わらないようになっても、はっきりとわかるほどだった。

――これは……ビールをおかずに、ビールを飲む感じだな。ビールのあてがビールというか。ミルコも飲んでみたいなあ。もう一度、帰りに寄れるかしら。

周りにはおいしそうなお惣菜がたくさん売っていて、買ってきて一緒に食べることもできる。だけど、祥子は、この二杯のビールで十分だと思った。かわりばんこに飲んで、旨みの違いを楽しんだ。

こういうビールは誰かと語りながら味わいたい。角谷と飲めたらどんなに楽しいだろうと思った。

ビール屋を出たあと、ホテルに荷物を置いて、また、外に出た。

近くに、ミシュランガイドに載った「お好み焼き屋」があるらしい。

――すごい高級店だったらどうしよう……でも、一度は行ってみたい。気後《きおく》れするような店だったら「ごめんなさい」して出てこよう。

十分ほど歩くと、オフィスビルの間にちょこちょことラーメン屋やコンビニが見えてくる。

――広島は辛い麺も、最近流行っているらしい。機会があったら食べてみたいな。

角を曲がると、店名が書かれた赤いのぼりが見えてきた。

　——あれ、意外にカジュアルそう……。

見たところはガラスの引き戸のある、普通の店である。そっと中をのぞくと、いくつか空いている席はあるし……。

　——大丈夫。普通の店だ！　入れそう。

がらりと引き戸を引くと、「いらっしゃいっ」という元気な声が迎えてくれた。

カウンター席とテーブル席がいくつか、という小ぶりな店である。カウンターの中にお好み焼きを焼く大将と若いスタッフが数人、他に若い女の子が注文を取っている。ミシュラン掲載店とは思えない、気さくな雰囲気だった。

　真ん中の大きなテーブルに相席で座らせてもらった。メニューはテーブルの上と壁の両方にあった。

　お好み焼き又は焼きそば、焼きうどん、と書いてあって、肉玉入り、イカ肉玉入り、イカ天肉玉入り、もち肉玉入り……ほか、エビ、チーズ、ネギ、カキなどと続き、その横に値段が書いてある。肉玉というのは、豚肉と玉子のことのようだ。

　——これ、お好み焼きも焼きそばや焼きうどんも値段は同じ、ということなのか……？　お好み焼きにうどんも入れられるのか？　肉玉はマストなのね。

　メニューの見方はいまひとつわからなかったけど、祥子が食べたいのはお好み焼きだから、まあいいか、と思った。

さっき、ビールを飲んだばかりなのに、やはりこうしてお好み焼きを食べるとなると飲みたくなる。ビールじゃないものを、とドリンクのところを見れば、酒、ハイボール、焼酎（麦・芋）……一般的な酒類が並んでいた。

――ビールでちょっとお腹がぽがぽだから、焼酎のロックにするかな。としたら、お好み焼きは何にしよう。普通の肉玉入りというのもいいけど、普段食べられないものを食べたい。

酒に合うものと考えて、決めた。

「すみません」

女性店員に手を上げた。

「お好み焼きのチーズそばください」

「はい」

「それから、焼酎は芋をロックで」

「わかりました」

頼んでからふと思ったのだが、どこにも「広島焼き」とは書いてない。

――広島では、広島焼きがそのままお好み焼きなんだろうな。

以前に広島県のアンテナショップでお好み焼きを食べた時は「広島焼き」とはっきり書いてあった。あれは地元の人からしたら、不本意かもしれない。

しばらくすると、氷の入った焼酎のグラスが運ばれてきた。一緒に枝豆の小皿がついてくる。それをつまみながらグラスを傾けた。さっぱりした芋焼酎で癖が強すぎない。飲みやすくて、どんどん入ってしまう。

——これで、広島に着いてから、一時間もしないうちに三杯目か。飲みすぎだけど、亀山も一日目はたぶん、仕事はないと言っていたから。

お好み焼きが焼けるまで、少し時間があった。

——チーズそばって、自分にしてはちょっと大胆すぎたかも。広島で一枚目のお好み焼きなんだから、普通の肉玉とか、イカとかにすればよかったかなあ。でなければエビ？いつもと違うものならエビにするという選択肢もあったわけだ。

なんか急に不安になってくる。旅先で少し浮かれているのかな、と思う。いや、酔っているのかも。

——どうしてチーズ選ぶかなあ。よりによってなんでチーズにした。チーズで他のものの味が消えてしまうかも。

めずらしく、注文してからくよくよと考える。

「お待たせしました」

白い皿にどーんとお好み焼きがのってきて、今までの迷いがすべて吹っ飛んだ。

見たところはチーズをほとんど感じない。というか、それがチーズなのか、玉子なのか、黄身なのか白身なのか、ソースなのか、いまひとつよくわからない見た目だ。

しかし、全体がとにかく、つやつやてらてら輝いていて、もうただただ「うまそう」なのは間違いがない。すでに八等分にコテで切り分けられていた。

「いただきます」

小声でつぶやきながら、箸を取る。上からチーズ（のようなもの）、玉子（のようなもの）、焼きそば麺、かりかりの豚肉、ネギ、小麦粉という順番できれいに積み重ねられている。その層が崩れないように箸を入れた。

「おいしいなあ」

かりかりに焼けた麺と豚肉がソースにまみれていいアクセントになっている。玉子に甘みがある。すぐに芋焼酎を一口飲んだ。

まだチーズを味わえていない。たぶん、それは中央部分にのっているのだろう。

さらに厚みのあるところを攻める。コテの存在に気がついた。一口ではとても無理そうなので、八つ切りをさらに半分にした。

「おお」

ようやくチーズとソースのマリアージュを感じた。それに先ほどは感じなかったキャベツの甘み。これはかなり大量のキャベツがよく蒸し焼きにされているとみた。チーズにしてよかった、と思った。濃厚な味がお好み焼きによく合っている。こってりした風味が酒にも合う。

その時、気づいたのだが、ソースは意外と少なめだ。そして、マヨネーズはまったくかかっていない。きっと、客の好みでかけろ、ということなのだと考えた。実際、テーブルにはソースとマヨネーズがいくつも置いてある。

――少し足すかな。

ソースをかけて、マヨネーズもここで初めて付けてみる。

ソース、マヨネーズ、そして、チーズでかなり濃い味になるが、キャベツが負けていない。キャベツの甘み、水分がしっかり主張している。

――やっぱり、お酒を頼んでよかった！

ふと、壁を見ると貼り紙に「カキのバター焼き」という文字が躍っている。祥子はちらりとグラスを見た。焼酎はまだ半分くらい残っている。

「すみません。カキのバター焼き、追加できますか？」

「はい、カキバターいっちょ」

運ばれてきたのは、キャベツの千切りとポテトサラダがのった皿に、ぷっくりしたカキが三つ、それにポン酢の入った小皿だった。

すぐに箸でつまんで、ポン酢につけて頬張る。

――やっぱり、広島のカキはうまいなあ。臭み、ぜんぜんない。焼酎にも合う。

次はカキのお好み焼きも食べてみたいな、と思いながら残りの焼酎を飲んだ。

駅前のホテルに戻って、夕方まで休んだ。ビール、お好み焼き、カキ、焼酎でお腹いっぱいである。いつ呼び出されてもいいように、スマートフォンの音量を最大にして脇に置いた。

満腹と疲れで、ついうとうとしてしまった。

目が覚めると、五時過ぎだった。ホテルのカーテンの隙間から、柔らかい冬の夕方の光が差し込んでいた。

スマホを見ると、まだ連絡はないようだった。

――どうするか……ちょっと疲れているし、お腹もまだそう空いてはいないけど。

しかし、明日にはきっと依頼主から呼び出しがあるだろうし、自由に時間を使えるのも今日だけかもしれない。

——せっかくだから、ちょっと街に出てみるか。

軽くシャワーをあびて、着替えた。

そのまま、ホテルの前に停まっていたタクシーに乗って、銀山町《かなやまちょう》に向かった。

広島のガイドブックや、ネット情報で調べてあった鉄板焼きの店だった。今、一番の人気と言ってもいいくらいの店らしい。六時からということだったので、平日だし、開店時間の少し前に着けば一人くらい入れるかな、と甘く見ていた。

「あ」

タクシーで脇を通った時に、思わず声が出てしまう。

開店前のはずなのに、すでに店の前を人が取り巻いている。

それでも車を降りて近づくと、ガラス戸から見える店内は席が空いていた。

「すみません、一人なんですけど」

おそるおそる、入り口のところに立っていた若い男性店員に尋ねる。

「予約はされていないですか？」

「はい……」

彼は周りを見回し、予約を記入しているらしい帳面をしばらく見つめたあとで、「今日はちょっとむずかしいですね」と言った。

「あ……しばらく待っていても駄目ですか」

「無理ですね」

そのやりとりを聞いていたのだろう、カウンターの中で鉄板の前に立っていた中年男性が、「ここ、一人なら空いてるよ！」と大声で言ってくれた。

「え？」

「一人なら」

彼が指さしたのは、カウンターの端の席だった。刈り上げた頭にタオルを巻いている。店長……大将なのかもしれない。

「あ、じゃあ、どうぞ！」

外にはまだ並んでいる集団もいるし、予約の電話もひっきりなしに鳴っている。祥子は小さくなりながら座らせてもらった。

メニューは手元に紙をパウチしたものがあり、他にも壁に貼ってあるものや黒板にも「本日のおすすめ」が書いてあった。

あわびのバター焼、貝柱のバター焼、カキバター、イカバター、アスパラバターなどのバター焼きの連続攻撃のあと、ステーキや牛タン、ホルモンなどの焼き肉系メニュー、そして、メバル、ノドグロの煮付けや煮込み料理、麻婆豆腐などおいしそうなものがたくさんある。メニューの裏にはやはり広島らしく、お好み焼きや焼きそば、焼きうどんなどが並んでいる。実際、大将の脇には若い店員さんがいて、彼は一心不乱に大量のお好み焼きを焼いていた。

しかし……。

祥子には、ここに来たからには絶対食べたいものがあるのだ。

というか、広島に来たからには絶対に食べたいものがあるのだった。

「まず、ウニクレソンください、あとビール……それから、カキバターもください」

「はい」

大将は短く答えた。

祥子の他には、一人客はいないようだった。隣は老年の男女、焼きそばを二人で仲良く食べている。奥のテーブル席には会社員らしい集団も。大きな声を上げて、乾杯していた。

——平日の六時になったばかりなのに、早いなあ。

ビールを飲みながらじっと待つ。

大将の前には次々と魚介類や肉類が出てきて、それをさまざまな方法で焼いている。見ているだけで十分楽しい。

しばらくして、大将がクレソンの束を二つ取り出してきた。ばさっと手で折るようにちぎって鉄板の上に置く。そこに、これでもかというように大量のバターを置いた。

——推定、二十グラム。いや、もう少しあるかも。

大将は他に斜めに切ったフランスパンも出してきた。それも鉄板の端に並べる。

——フランスパン？　この店に似合わなっ。

バターが溶け出してよい匂いがし出すと、クレソンにからめるように炒めた。しんなりしてきた時にウニの箱を出して、スプーンですくって大切そうにそっとのせた。ウニをさっとクレソンと混ぜると、平皿に盛り付け、上にフランスパンをのせて、「おまちどお」と祥子の前に出してくれた。

「ありがとうございます！」

思わず、礼を言ってしまう。

まずは箸でクレソンとウニが混ざっているところを一口。クレソンがシャキシャキしているのに生すぎない。クレソンの苦みとウニの甘みが広がる。

——う、うまい。この料理、なんで東京にないの？　っていうか、ここ大衆酒場の鉄板焼きなのに、なぜ、フレンチあるの、って感じ。

フランスパンを手でちぎって、皿の底にたまっているバターをぬぐうようにすくって食べる。

——フランスパン、鉄板で焼いているからぱりぱりでおいしい。そして、このバターの黄色はもちろん、バターだけの味じゃない。ウニバターだ。めちゃくちゃおいしい。

わずかに生臭い口にビールを流し込む。

「ああ、おいしい」

小さくだけれど、確実につぶやいてしまう。

そこからはクレソンとウニ、パンとバターをかわりばんこに食べながら、ビールを飲んだ。

最高だな、と思っているまもなく、目の前ではまた別のショーが始まる。

大将はボウルから真っ白に小麦粉がまぶされたカキを取り出し、鉄板の上に並べた。

——あんなにたくさん小麦粉を付けるのか……ほとんどカキが見えないくらい。

脇にあったポットを手に取り、カキの上にその透明の液体をかける。たぶん、サラダオイルだろうと思われた。それもまた、かなり量が多い。

鉄板の上で揚げるようにカキを焼いていく。みるみるうちに、カキはカリカリにこんがり色づいてくる。

——小麦粉の量も、油の量も半端ない。これは家でカキバターを作る時にも参考になりそうだ。

カキが焼けると、彼はコテを使って、無駄な油と焼け焦げを取り除き、新たにまた多めのバターを置いた。溶けたバターをカキにさっとからめて、醬油を少しかけ、皿にのせた。皿にはベビーリーフのサラダとレモンの輪切りがのっている。これまた、居酒屋とは思えない、繊細な一皿になった。

自分の前に置かれたカキを、すぐに頰張る。

——これ、今までに食べたカキバターの中で一番おいしいかもしれない。カキと言えば生ガキと思っていたけど、今はこっちの方が好きなくらいだ。

本当に満足な一夜となった。

翌日の朝は、最上階にある大浴場を利用した。最近、よくあるビジネスホテルに付いている大浴場で、小さな露天風呂もある。

露天風呂からは空しか見えなかったが、澄み切った青い空が見えるだけで、十分満足だった。ゆっくりと酒が抜けていくような気がした。

一階に入っている、名古屋《なごや》発の大手チェーン系喫茶店で朝ご飯を食べていると電話がかかってきた。

「亀山さんから紹介された、――です」

低い声だった。頬張っていた小倉《おぐら》トーストを慌てて飲み込んだ。

「はい。犬森祥子です」

「すみません。お待たせしました。やっとお会いできそうなんですが、今日、大丈夫ですか」

「もちろんです」

「それでは、平和記念《へいわきねん》公園、ご存じですか？」

「平和記念資料館のある？」

「はい。あの公園のベンチで午後、待ち合わせしましょう」

彼はベンチの場所を詳しく説明してくれた。

「わかりました」

「そういえば、平和記念資料館には行ったことがありますか」

「はい。子供の頃に」

「では、新しい展示になってからはご覧になってない？」

「はい」

「ぜひ、行ってみるといいですよ」

もう一度、時間と場所を確認して電話を切った。


平和記念公園のベンチに座っていると、薄茶のステンカラーコートを着て、薄い色のサングラスをかけた男が近づいてきた。

「――さんですか。犬森です」

祥子は立ち上がって挨拶した。彼は小さく手を振って、祥子に座るように促した。

「このたびは広島まで来ていただいて、すみません」

なんだか、ノンフィクションの大きな賞を取ったことがある人と聞いていたのに、気さくな雰囲気だった。

「よろしくお願いします」

彼は祥子の隣に自然に座った。

「見てきましたか?」

平和記念資料館の方に顔を向けながら言った。

「はい」

祥子は小さくため息をつきながら、うなずいた。

「その様子だと、かなり……」

「ええ。前にも一度来ていて、覚悟はしていたんですけど、前と違って、今は子供もいるので……いろいろ考えさせられました」

「以前のように、蠟《ろう》人形の展示はなくなりましたが、写真が増えて、その分……」

「ええ」

祥子は空を仰《あお》いだ。

「出てきたら、いっそう空が青く見えました」

「わかります。私も仕事や私生活で何か迷いがあった時はここに来るんです……ところで、犬森さんはいろいろな人のところに行って、夜の見守りをするお仕事をしていらっしゃるとか」

「はい」

彼は祥子の身の上、離婚してからのことなどをさらっと聞いてきた。

祥子も、元夫や娘のことは個人が特定されないよう注意しながら、自分のことを簡単に話した。彼はよい聞き手で、祥子の緊張をほぐしてくれた。そして、かなり気持ちがほぐれてきた時、「見守り屋ではいろいろな人に会うんでしょうね」と、尋ねられた。

「ええ。まあ」

「どんな人がいましたか。差し支《つか》えのない範囲で」

祥子が答えずにちょっと微笑むと、彼の方は苦笑した。

「今、あなたの心と私の間に、しゃーっとカーテンが引かれた音がしましたね」

「依頼については、差し支えのない人は一人もいません」

彼はサングラスの奥から、じっとこちらを見ていた。

「……では、単刀直入にお尋ねしましょう。占い師に会いましたね。以前、政治家のお抱え占い師もしていた、あの人です」

祥子は答えなかった。ただ、目の前の噴水を見つめた。

「あの男がどんなことをしてきたか、知っていますか」

祥子が返事をしないのもお構いなしに、彼は話し始めた。この何十年、歴代の総理総裁の相談役だったこと、それ以前、若い頃はあるスター歌手の専属占い師として君臨し、その女性の資産のすべてを奪い、さらに莫大な借金を背負わせたこと、そのような人間が政治の中枢で何をやってきたのかつまびらかにする必要があること……。

「政治って大切なことなんですよ」

彼は、平和記念資料館の方を見ながら言った。

「わかるでしょう？　私は彼がやってきた所業《しょぎょう》を本にするつもりです」

「私には関係のないことです」

「そうですか？　でも、さっきおっしゃったでしょ？　子供ができていろいろ考えさせられた、と」

「ええ、でも」

「大切な物事があんな人間の言いなりで決められていたなら、それをただささなくてはなりません。あなたは彼に会った、最後の外の人間です」

祥子は目の前の青い空を再び見つめた。

「……聞かれても困ります。彼は何も話しませんでした」

「彼と会ったことは認めるんですね」

祥子は軽く唇《くちびる》を噛んだ。

「とにかく、お話のしようがありません。何も言わなかったんですから」

「本当ですか」

「本当です。一言も話しませんでした」

祥子は彼の方に向き直った。

「いったい、どうして私のことを知ったんですか」

「まあ、蛇《じゃ》の道は蛇《へび》と言うでしょう。それに、あなたの恋人の……彼から聞きました」

祥子は自分の身体から、さっと血の気《け》が引いたような気がした。

祥子は帰りの新幹線に乗る前、また、『ビールスタンド』に寄った。

夕方のスタンドは、昨日より人が多かった。出張帰りのサラリーマンらしい人もいる。

昨日来た時に、祥子のビールを用意してくれた若い男性店員がいた。ふっと微笑むと、彼の方も笑い返してくれた。もしかしたら、覚えていてくれたのかもしれない。

「シャープつぎとミルコをお願いします」

「ミルコはあとにしますか」

「はい」

まず、シャープつぎを作ってもらった。

見た目は、普通の生ビールである。

「ビール好きの方には、これが一番という方も多いですよ」

祥子は礼を言って受け取ると、まず、それだけをカウンターで飲んだ。

喉の奥にぐっとくる刺激、確かに、ビールが好きな人にはたまらないものだろう。

「ミルコも作りますね」

泡だらけのミルコは泡を楽しむものだ。軟らかく、穏やかな飲み物だった。

――まったく、初めての飲み物だ。これだけ硬く、しっかり泡立っていると、おいしいものだな。

今度は、シャープとミルコを交互に飲んだ。

平和記念公園で彼とは別れた。しつこく、しつこく聞かれたけれど、祥子は何も答えなかった。

一時間近く押し問答をしたあげく、やっと解放してくれた。

「また、東京でお会いしましょう。連絡します」

いやとも、いいえとも言えなかった。

「ホテルは今夜も取ってあります。お好きなように広島観光をして、お帰りください」

最後は笑っていたけど、怖かった。

もう一泊できると聞いても、祥子はホテルに戻るとすぐに荷物をまとめた。最初に指定席の取れる新幹線で帰ろうと思った。

けれど、ホテルから出て駅ビルを抜けようとした時に『ビールスタンド』が目に入った。

――もう一杯、いや、二杯？　飲んでいこう。

目の前のビールを見つめた。シャープつぎのビールも、少しマイルドになってきたようだ。しみじみと、疲れた、と思った。

——おいしいビールって心を休めてくれるんだな。

新幹線の中でぐっすり寝て帰ろうと思った。

しかし、男から聞いた言葉の数々を考えていると、とても眠れそうにないような気がして、祥子はもう一杯注文した。

「マイルドつぎ、いただけますか」

「はい。ありがとうございます」

店員さんは優しい笑顔で祥子を包み込んでくれた。ビールの泡のように。

久しぶりに、眠るために酒を飲んでいるな、と思った。

第十四酒　六本木　イタリアン

娘と元夫との話し合いに祥子が選んだのは、日本のイタリアン界をずっと支えてきた名店だった。

以前、元夫が再婚する時、三人で話したのはフレンチレストランで、比較的新しい店だった。今回は昔からある老舗《しにせ》を体験したいし、明里にも体験させたいと思った。

フレンチレストランでランチを食べたのは、元夫と美奈穂が再婚する少し前だった。大きな変化のある時は改まった場所で親子三人、食事をしていることになる。ゆっくりした場所と時間で彼女を包みたいという思いからだが、それだけでなく、明里が初めての本格的なフレンチを食べ、喜ぶ様子を祥子は見たかった。今回も初めて本格的なイタリアンを経験する彼女の姿を見たかった。

土曜日のランチの時間に店内で落ち合うことにしたが、二人はもう着いていた。

地下にある店の、奥の席から「ママ」と娘は小さく手を振った。以前なら大きな声を出して、走ってきたに違いない。白い襟《えり》に紺《こん》色のワンピースの娘は急に大人びて見えた。

「今日はありがとう」

テーブルに着いて、娘と元夫に頭を下げた。

「いや、こちらこそ。美奈穂もよろしくって言ってた」

一応、元夫の今の妻、美奈穂さんもどうですかと誘っていたけれど、今はあまり体調がよくないので、と丁寧な断りのメールを受け取っていた。

祥子の到着を待ちかまえていたように、ウエイターが来て、メニューを渡された。

「もう、コースを頼んであるのよ」

祥子は小声でささやいた。予約時にコースも指定することになっていた。

「本日はおまかせランチコースとなります。こちらは鮮魚のカルパッチョ、カボチャのムースのウニ添え、クレープのラニエリ風、穴子のフリットにシェリービネガーとカレーのソースとなります。パスタとメインディッシュは右側のメニューからお選びください」

そちらに目を移すと、「トマトソースのフェデリーニ」「ツナとシメジの煮込みソースのフェデリーニ」「キャベツとカラスミのフェデリーニ」「生ウニのフェデリーニ」となっていた。

「フェデリーニってなんでしたっけ？」

「細めのスパゲッティになりますね。一・四ミリくらいです」

祥子と娘はトマトソースを、元夫はカラスミを頼んだ。

メインは豚フィレ肉のカツレツ、仔牛《こうし》とフォアグラのソテー、和牛ロース肉のタリアータ、本日の魚料理の中から選ぶことになっていた。

「本日の魚料理は真鯛をご用意しております」

祥子が仔牛を選ぶと、明里も「わたしも……」と言う。思わず、顔を見合わせて笑ってしまった。

「食の好み、似てきたね。明里もイカが好きだもんな」

元夫が素っ気なく言う。それでも、彼が昔のことを覚えていたのは嬉しかった。新婚時代に実家の北海道に帰った時、イカが好きだと打ち明けていた。

食前酒にキールロワイヤルを頼んだ。夫は生ビール、明里はオレンジジュースをチョイスした。

一品目のカルパッチョが運ばれてきた。

「クエのカルパッチョでございます」

「まあ、クエの」

「クエのカルパッチョ、初めて食べるかもしれないな」

元夫もやっと少し楽しそうに言った。

半透明の薄い切り身を丸く敷き詰め、その上に、色とりどりの野菜が飾られている。それが、花束のように見えて美しい。

「おいしいねえ」

一口食べた明里がはしゃいだ声を上げた。やはりまだ子供だなと思いつつ、心の底から嬉しいと思う。

子供の「おいしい」を聞くために毎日働いている。それが親というものだ。

「明里、クエの旨さがわかるのか」

元夫がからかうように言った。

「わかるよ、そのくらい」

明里はつんとすました顔をした。

「わたし、白身のお魚が好きだもん。白身だけど、味が濃くておいしい」

思わず、元夫と顔を見合わせてしまう。

「言うわねえ」

「いっぱしだな」

彼となんのわだかまりもなく、視線を合わすことができたのは久しぶりだと思った。

「でも、本当においしいわね。ママも大好きになった」

祥子も心から言った。

クエの身は思ったよりも厚めに引かれている。それが適度な弾力を持って歯を押し返してきて、魚の旨み、甘みを強く意識させた。

二品目のカボチャのムースは地味な色味なのに、美しかった。クリーム色のムースの上に、琥珀色のコンソメのゼリーがのっている。ゼリーの中にウニが透けて見えた。大きな宝石……シトリンの塊のように見えた。

「これまた、甘くて濃厚でおいしいわね」

明里の顔を見なくても、彼女がこういうのが好きなのはわかっていた。

「明里ちゃんも好きでしょ」

「うん」

「前にフレンチに行った時も、ムースをおいしい、おいしいって食べてたもんね」

「そうだっけ」

次のクレープのラニエリ風というのは、メニューを見た時に一番、イメージが思い浮かばない料理だった。

白い皿の真ん中に、何かをくるんで真四角に畳まれたクレープが置かれていた。皿にのっているのはそれだけで、見た目はシンプルだった。

「中に入っているのは、四種類のチーズを使ったベシャメルソースとハムです。お召し上がりください」

祥子がクレープの包みの真ん中あたりにナイフを入れると、とろりとクリームがあふれ出した。

口に含めば、濃厚なチーズクリームの香りが鼻を突き抜ける。

「原宿《はらじゅく》で食べたクレープと、ぜんぜん違うね」

明里が元夫にそっとささやいた。

「原宿に行ったの？　明里ちゃん」

明里がうなずく。

「美奈穂ママの具合が悪いから、パパに連れて行ってもらったの」

「あら、美奈穂さん、大丈夫？」

祥子は元夫に尋ねた。

「軽いんだけど、つわりがなかなか終わらなくてね」

「まあ。あれはつらいから。お大事に」

元夫はうなずいて、「原宿ではチョコバナナクレープを食べたんだよ」と説明した。

「このクレープも甘いのかと思っちゃった」

明里が照れたように笑う。

美奈穂のつわりの話が出たところで、これからのことを話すよい機会だったのに、昨夜、角谷と話したことがつい思い浮かんでしまった。

最近はどちらかの家の近くで食事をし、そのまま部屋に行くことが多かった。昨日は、祥子の家の近くの中野の居酒屋に行った。

食事の途中で、祥子は広島で会った男から聞いた話を角谷にぶつけた。

「この間行った広島で、変な人に会いました」

「変な人？」

彼は少し眉間にしわを寄せて言った。

「その人、私が仕事で会った人について、知っていたんです」

角谷は今度は眉をぐっと上げて、こちらを見た。本当に驚いているようにも、演技をしているようにも見えた。

彼はこういう時、あまり言葉を発さず、こちらにすべてを語らせようとする。たぶん、仕事上、人と慎重に対応する術《すべ》を身につけているんだろうけど、その日はイライラした。

いや、イライラするだけではなく、仕事上の相手のように扱われるのが、悲しかった。

「なんていう男ですか」

「そんなことは、言えません」

なんだか頭に来たから、こちらも素っ気なく答えてやった。

「そうですよね、失礼しました」

これまた、冷静だった。本当に小憎《こにく》らしいと思う。

「私がある人と会ったということを知っていて、それをあなたから聞いた、と言われました」

彼がどんな顔をするか見たかった。狼狽《ろうばい》するのか、顔を引き締めるのか、それとも、怒るのか……祥子は角谷の顔をじっと見た。一つも見逃すまいと。

しかし、そのどれでもなかった。彼は薄く笑った。

「何で笑うんですか⁉」

自分が一番冷静にならなければ、彼にちゃんと話さなければ、と思っていながら、つい、小さく怒鳴ってしまう。

「失礼。私、笑っていましたか」

彼はこういう時、「私」と言う。ますますいらつく。

「笑いました。私をバカにして……」

「ごめんなさい。いや、やっと話が見えてきたものだから、つい」

「話が見えてきたって?」

「あなたが話したのは、——でしょ」

広島で会ったフリーライターの名前を出した。

「だから言えません」

「あれあれ。じゃあ、あなたは私に言えない名前の、言えない出来事を盾《たて》に怒るんですか?」

思わず、口ごもってしまう。角谷は今度ははっきりと笑った。祥子がむっとしているのが、どこか愉快らしい。

「まあ、いいでしょ。じゃあ、仮に彼ということにしましょう」

「でも、私は」

角谷は両手を広げるようにして、祥子の言葉をさえぎる。

「私の独り言《ごと》と思って聞いてください。一ヶ月ほど前から永田町《ながたちよう》で噂になっている話がありあます。ある人物……歴代の首相や政府高官の近くにいてさまざまな秘密を握っている人物が寝たきりになって、危篤《きとく》状態が続いている。亡くなるのは時間の問題だ、と皆、固唾《かたず》を呑《の》んで待っている。このまま死ねば問題はない。だけど、彼はなぜか、死の床《とこ》に若い女性を呼んだ。身内やこれまで関係があった女性ではなく、また、好色家《こうしよくか》として鳴らした人物ではあるけれど、その手の女性でもない」

角谷は熱燗《あつかん》を一口、飲んだ。

「ぴんときました。夜、呼ばれる女性。そして、きっとなんらかの形で、政界につながった女性……それに一度、仕事のあと、三軒茶屋で待ち合わせをしましたね。秩父の旅行の時に。そこが彼の豪邸のある場所だというのは、政界人なら誰でも知っている」

「でも、私は」

角谷は今度は人差し指を立てて、祥子を黙らせた。

「わかってます。僕は一言も聞いてないし、あなたも話していない。だけど条件がここまで合う人は他にいません」

「それをあの男に言ったんですか」

角谷ははっきりと首を横に振った。祥子はほっとした。

「いえ。僕もあなたと同じように誰にも何も話していません」

「本当に？」

「二週間ほど前、永田町で昼飯を食っていたら、あの男が偶然、入ってきたんです。お互い知らない仲じゃないから挨拶をして、しばらく同席しました。その時、聞かれたんです。今の話をされて、その女性が誰か知らないか、と」

「言ったんですか」

「いえ、だから、言ってないと言ったでしょう？　でも、彼は『君の近しい女性じゃないのか』と聞いてきました。違うと言いましたが、答え方がよくなくて悟られたのかも」

　そのことは謝ります、すみません、と彼は頭を下げた。

「でもたぶん、店に来たのも偶然じゃない。あなたにもある程度、察しを付けてカマをかけたんでしょう」

「角谷さんが話してないなら、どうしてわかったんでしょう」

「亀山事務所にもいろんな人がいるし、件《くだん》の人物、その占い師の周囲にもいろんな人がいる。どこからか、結局、話は漏れる。この世界の常です」

「なるほど」

「どうしますか」

「え」

「このままじゃ、あなたはずっと追われる可能性があります、誰かに。彼が諦《あきら》めても別の人間が出てくるかもしれない」

「……そんな」

「意外と、亀山社長もそこのところの認識が足りないようだ。もう少し、あなたを守らなければならないのに」

　祥子は手元の猪口を見る。熱燗は冷めて、口にしなくても、それがねっとりと甘くなっているのが想像できる。

「……一つの提案ですが、私に話すというのはどうでしょう」

「え」

　祥子は思わず、顔を上げる。角谷はうなずいた。

「私に、占い師が話した内容を打ち明けて、私が窓口になる。このまま、あなたが一人で抱え込んでいると、いつまでもああいう男につきまとわれることになる」

　角谷の口調にどこか熱が入りすぎている気がした。

「私が窓口なら、向こうの動き方が読めるようになる」

　これだ、自分のことを「私」と言っていることにも違和感があった。

「祥子が心配なんだ」

　彼は急に身を乗り出して、祥子の肘《ひじ》のあたりをつかみ、少し引き寄せた。

　その瞳の中をのぞき込むことは、その日は最後までできなかった。

「ママもなったの？　つわり。わたしがお腹にいた時」

明里の声にはっとする。

「つわりっていうの、ママもなったの?」

「え、ええ」

祥子は思わず元夫を見る。彼はちょっと笑ってうなずいた。

「祥子も結構、ひどかったよな」

めずらしい口調だった。温かみと親しみがあった。

「そうね。そう長くなかったけど、しばらく起き上がれないような時もあったかな」

「ふーん」

明里が自分の生まれる前の話をするのはほとんど初めてのことだった。

一緒に暮らしている時はまだそんな話に興味を持つような歳ではなかったし、今は話す機会がなかった。

「あと、あれ、ひどかったよな。こむらがえりって言うの? 脚がつってさ、祥子に頼まれてよくマッサージしたよ」

「え、そんなことあった?」

「臨月まぢかになって、夜中に脚が痛いって泣いて、俺、マッサージさせられたよ」

そんなことがあったかもしれない。

彼は何もしてくれなかった、という気持ちだけしか記憶になくて、してくれたことは覚えていなかった。

不満ばかりの結婚生活だったけれど、それは自分にも悪いところがあったからかもしれない。一緒にいた時、そして、離婚後も、相手の足らないところばかりを数えていた。

時間が経って、やっとこうして、彼の話も客観的に聞くことができた。

——明里がいなかったら、たぶん、離婚後、二度と彼と会うことはなかっただろう。そう思うと……ありがたいものだ。

ふと思い出して、尋ねた。

「ねえ、昔、あなた、『三度目の正直ですね』、ってメールくれたことがあったでしょ。あの三度目、ってどういう意味？」

「え、そんなこと、あったかなあ」

「あったわよ、前に……新丸子《しんまるこ》でアジフライを食べた時。待ち合わせが一度流れてしまって、二度目の正直のはずなのに、あなた、三度目の正直とメールしてきた」

「ああ」

彼の目の中に何か強い光が一瞬灯《とも》ったのに、それはすぐに消えた。

「どうだったかな、もう忘れちゃったよ」

穴子のフリットにソースがかかっているものが運ばれてきた。バルサミコのソースかと思ってメニューを見直したら、シェリービネガーの入ったソースで、確かに、バルサミコより少し軽い。軟らかくて癖のない穴子の身にはこちらの方が合うかもしれない。

そしてそのあと、やっとパスタが運ばれてきた。トマトソースのフェデリーニに白いチーズとバジルソースがかかっていて色合いも美しい。トマトソースの味の濃さはさすがだと思った。

「美奈穂ママに赤ちゃんできたでしょ」

パスタを食べ終わった祥子は、まだ口をもぐもぐさせている明里に言った。目の前に座る義徳がぴくりと肩を動かす。

「美奈穂ママが忙しい時とか、うちに来てもいいんだからね、明里ちゃん」

どうやって話そうかとずっと考えていた。だけど、自然に言葉が出てきた。

「赤ちゃんが生まれる時はお祖母《ばあ》ちゃんちに行く、たぶん」

明里は元夫の顔を見た。

「ね、パパ」

「まあ、たぶんな」

「お祖母ちゃんがそう言ってたから。うちに来なさいねって」

話が早いことだ、と思う。先回りしてもう計画していたのだろう。

「そうね、お祖母ちゃんちに泊まれていいね、明里ちゃん」

「うん」

「それならそれでいいけど、その時も、それから、今後、これからも」

祥子はさりげなく、でも、強く言った。

「いつでも、ママの家に来ていいんだからね」

「うん」

「いつでも、好きなだけ」

明里は顔を上げた。

「わかってるよ、ママ。わかってる」

「え」

明里の強い言葉に祥子の方がたじろいだ。

「わたし、ちゃんとわかってるよ、ママ」

大きくうなずく。その表情は明るかった。

明里がトイレに立った時、義徳が少し前に身を乗り出すようにして言った。

「覚えてないの？」

「何が？」

「三度目の正直のこと……」

彼は少し振り返って、明里が戻ってこないか確かめた。

「一度目は離婚してすぐだよ。俺、何度か祥子に電話したんだよ。出てくれなかったけど」

「そうだった？」

当時のことはほとんど覚えていない。家にこもって泣き、泣き疲れると寝ていた記憶だけがかすかにある。

「で、一度、会えないかと思って、時間と場所までメールしたけど、来てくれなかったよね」

「ええ！　そうだった？」

「なんだ、メール読んでなかったのか……」

彼から来たメールや留守電を、中身もあらためずに消去したことは、確かにあった。

「どうして、そんなことしたの？」

「そりゃあ」

彼はむくれたような顔になった。

「……やり直したかったから」

やっと聞き取れるくらいの、小さな声だった。

「そんなこと、考えてたの」

「いや、でも、深夜まで待ち合わせ場所で待ちぼうけくらって、吹っ切れたんだ。もう新しい人生を歩まなくちゃなって」

その時……会っていたら、どうなっていただろう。

わからない。ただ、離婚後に、彼がわりにすぐ再婚したことや、時々、ひどく冷たく当たられたこととの答え合わせができたような気がした。

「……こんなこと、明里には話すなよ」

「うん」

「あいつに話すと、美奈穂に筒抜けだからな」

「そうなの？」

「そうだよ。いつも、俺の悪口とか、二人でひそひそ話してんだよ」

彼がまた大きくむくれた顔をしたのを見て、祥子は声を上げて笑ってしまった。

本当に、あの頃はこんな日が来るとは思わなかった。

時間はなんでも解決してくれる。

昨日、角谷は祥子がそれ以上返事をしないのを見て、すぐに話を変えた。

「実は、ちょっと考えていたことがあるんですけど」

「なんですか」

「先日、旅行業に詳しい仕事上の友人と話をしていて、思いついたんです。今、政府は民《みん》泊《ぱく》を推《お》し進めていますよね。ご存じですか、民泊」

「あの、一般の人の家に旅行者を泊まらせる、というようなやつですか」

「そうです。あれを今、推奨しているんだけど、なかなか思ったように進まないという話で」

「へえ、そうですか」

それがいったい、どうしたというのだろう、と祥子はぼんやりと聞いていた。

「というのも、日本で進んでいるのは、誰も住んでいないワンルームマンションの一室とか、空いている一軒家を人に貸すという形なんですね。でも、本来、民泊は人が住んでいる家に旅行者を招き、可能なら食事なども一緒にして、交流してもらう。欧米ではそちらが主流で、観光客もむしろそれを望んでいる人が多い。なのに日本ではその形態はハードルが高くて、まだほとんどない」

「ふーん」

「でも、うまくやれば、食事付きにしてそこそこの宿泊料を取ることもできる。シングルマザーの人たちの副業としてもとてもいいんじゃないかって。子供と一緒にいられる時間が長くなるし、広い家にも住める」

　思わず、顔を上げた。

「僕、それで祥子さんのことを考えたんです。今より広い部屋に住んで、明里さんも引き取ることができるんじゃないかと……」

　確かに悪くない話だと思った。ただ、不安な面もいろいろある。明里が一人の時、客を入れるわけにはいかないし……セキュリティーの問題が一番心配だ。

「例えば、今、僕が住んでいる五反田のマンションの別の部屋に住むとか、どうでしょう。品川にも近くて、新幹線の駅にも空港に行くにも便利です。何かあった時にはすぐに僕の部屋に逃げてこられます。そして、旅行者は女性限定にして、これまでトラブルのない人のみにしてもらうとか……いろいろやり方はあると思います」

　角谷は、上京するのに合わせて、利便性と家賃の折り合いがついた五反田のマンションを借りていた。

「前に、少し、介護の勉強をしようと思ったこともあったんですが」

「はい」

「やっぱり、夜の仕事をしているとなかなかむずかしくて、やめてしまったんです」

「考えてみてください。ずっと見守り屋をしていた祥子さんなら、民泊って向いているんじゃないですか」

確かに可能性はあると思った。


メインディッシュが運ばれてきた。

仔牛とフォアグラのソテーだ。これには赤ワインを合わせたいと思って、ソムリエを呼んだ。この店のソムリエは髪を後ろで一つに結《ゆ》った、きりりとした雰囲気の女性だった。

グラスワインの三種類の中からサンジョベーゼの赤ワインを選んだ。

「サンジョベーゼというのはキャンティにも使われる葡萄《ぶどう》の品種です。熟したプラムのような香りでコクのあるワインです」

確かに、濃いルビー色のワインはしっかりした味でフォアグラにも合いそうだった。

手のひらほどの大きさの厚みのある仔牛のソテーに、同じくらいの大きさのフォアグラがのって、深紅《しんく》のソースがかかっていた。

一緒に切りわけて頬張ると、濃厚な味が口いっぱいに広がった。

「やっぱり、わたしはフォアグラが好きだな」

同じようにフォアグラを食べている明里がしみじみとした口調で言う。

「また、生意気なことを」

「なんだか、明里ちゃん、食通のおじさんみたい」

祥子と元夫は笑う。

そうだ、子供はどんどん成長する。前にレストランに来た時は、コース料理を初めて食べる、幼子《おさなご》だった。

今はもう、きっと祥子の気持ちをわかってくれている。

新しい子供が父親と新しい母の間にできること、それを実の母が心配していること、そして、いくつもの場所が自分には用意されていること。

それだけで十分だ。

角谷が提案してくれた「民泊」のことも前向きに考えてみよう。

いずれにしろ、いつまでも深夜の仕事を続けているわけにもいかないのだから。

その生活の形と仕事が軌道に乗れば、明里を受け止められる場所を堅固《けんご》なものにすることができるのだ。しかし、もう一つの件についてはどうしよう。

デザートは、マンゴーのタルト、フランボワーズのシャーベット、ティラミスの盛り合わせだった。

満足そうな明里に自然に、「また来ようね」と祥子は言っていた。

そして、民泊のことはともかく、占い師とあのフリーライターの男のことをもう一度、角谷と話し合わなくてはならないと考えていた。

第十五酒　新橋　鰤《ぶり》しらす丼

祥子はタワーマンションの立派なエントランスから出ると、ああ、と声を上げながら背伸びをした。

外は朝日が昇ったばかりだった。吐く息が白い。

最寄りの月島《つきしま》駅に向かって歩き出す。

――このまま帰ってもいいけど、今日も少しだけ食べて飲んで帰るか。

身体は疲れているのに頭は妙に冴《さ》えていて、部屋に戻ったところですぐに寝付ける気がしなかった。

時計を見ると、七時を少し過ぎたばかりだ。

――このあたりで探してもいいけど、ちょっと疲れた。こういう時はあの店しかないな。

祥子が仕事帰りに食事するのは依頼者の家の近くが多かったが、今朝のように終わるのが早かったり、店を探すのがおっくうだったりする時は行く場所が決まっていた。

地下鉄に乗って新宿駅で降りると、ルミネエストに向かう。地下一階のカフェ＆ビアバーが目当ての店だ。

――仕事のあとは、結局、この店に一番たくさん来ているかもなあ。

新宿は帰り道だし、改札の側にあるから立ち寄るのに便利だ。朝七時からやっていて、モーニングもランチも安くておいしい。パンがカリッと焼けていて、ビールを始めとした酒の種類が豊富で、そして何より……。

――朝から酒を飲んでも後ろめたくない。それにつきる。

店の前に来ると、「おいしいコーヒー」と書かれた、大きいコーヒー色の看板が見えた。

――ここには何度も来ているけど、一度もコーヒーを飲んだことがない。

どこか、後ろめたい気持ちになった。たまには、コーヒーにしてみるかな、と思いながら中に入る。

モーニングは五種類だ。二種のパンのトーストとポテトサラダは共通で、玉子がついたモーニングセット、ベーコンとチーズが付いたモーニングミール、ポークハムかサラミと卵が半分のモーニングプレート、そういったものがおまかせでいろいろ入ったマイスターモーニング、そして、ポークハム、ベーコン、卵、チーズが盛り合わせてあるモーニングデラックス……となっていた。他にホットドッグなど単品メニューもあって、それらを選ぶことも可能だ。

——ポークハムだって、ベーコンだって、ここのはすべて特別だから、迷うんだよなあ。よし、今日はモーニングプレートにしてサラミをチョイスしよう。パンに挟んでサンドイッチみたいにして食べてもいいし。それからピクルスかナッツを追加しようか。いや、まだ食べられそうなら別のサンドイッチか、ホットドッグを追加しても……。

祥子はカウンターの前の行列の一番後ろにつく。

二人前に並んでいる初老の男性がモーニングセットと赤ワインを注文しているのが聞こえてきた。玉子は半熟を選んだ。

——あ、なんかシンプルでおしゃれ。玉子とポテトサラダを挟んで食べるのかな。なんだか、あれもこれもと手を出そうとする自分が恥ずかしくなる。

祥子のすぐ前は、グレーのトレンチコートを着た若い男性だった。彼は自分の番が来ると、ギネスの黒ビールだけを注文した。

——ますますなんかかっこいい。ギネスを一杯だけ、ゆっくり楽しむのか……。これから仕事かな？　それとも家に帰るのかな。ああ、どうしよう。やっぱり、モーニングプレートのお供はコーヒーにするか。

祥子の番が来た。

「ええと……モーニングプレートをサラミにしてください。それから……」

一瞬、口ごもってしまった。

「やっぱり、モーニングプレートのビールセットにしてください！」

決意表明でもするかのように大きめの声が出てしまった。

できあがったものをトレイにのせて、二人掛けのテーブルに進む。コートを脱いで鞄《かばん》を置き、やっと落ち着いてあたりを見回すと、皆、それぞれにモーニングと、酒やコーヒーを楽しんでいた。

――この雰囲気がいい。

まず、上にのっている白い方のパンを一口かじる。香ばしい香りが口の中に残っているところに、ビールをぐっとあおった。

――疲れた身体にはこのビールが最高。

さらにパンの上に少しポテトサラダをのせ、オープンサンド風にして頬張る。またビールを飲みながら、朝まで一緒にいた依頼人のことを思い出した。

祥子より少し年上の、三十代後半の女性だった。夫婦二人でタワーマンションを買って共働きをしていたらしい。子供はおらず、最近、夫を亡くしたという。

「『そろそろ子供でも……』って話してはいたんだけど、夫ががんになってしまって」

祥子を呼んだ詳しい理由は聞いていなかった。ただ、一人で寂しいから話し相手になってほしい、ということで、もちろん、それだけで十分な理由ではある。

約束の時間に部屋に行くと、彼女はダイニングキッチンのテーブルに、パスタとサラダの夕飯を用意して待っていてくれた。祥子の好みを聞いてから白ワインも開けた。まるで、友達の家にお呼ばれしたかのような雰囲気だった。

ゆっくり晩ご飯を食べながら話を聞いた。

「夫はがんが見つかってからは、若いこともあってあっという間でね」

彼女は白ワインのグラスを片手にずっとにぎっていた。

「一人になったら広い部屋は寂しくて……やっぱり、子供がいたらよかったのかな、とか考えてしまって……犬森さんはお子さんは？」

「一人います。離れて暮らしてますけど」

詳しい事情を聞かれるかと思ったけれど、彼女は黙ってうなずいただけだった。

夜が更けるにつれ、彼女は酩酊《めいてい》し、十二時を過ぎた頃、やっと本音を話し始めた。

「……あなたを呼んだのは、寂しさもあるけど……本当は話を聞いてもらいたくて」

すでに、三時間以上、話を聞いたあとだったけれど、祥子は黙っていた。

「誰にも言えなかったことがあって」

「はい」

「私たちは大学のサークル仲間として知り合って、結婚したのね。だから、友達も皆、その仲間なの。皆、いい人でお葬式のあとも声をかけてくれるし、『何かあったら話し相手になるよ』とも言ってくれている。だけど、だからこそ、言えないこともあって。とはいえ、これまで、あまりにもその人たちとのつながりが強かったから、他には親しい友達もいないの。会社の同僚にも話しにくいし……」

「そうですか」

彼女が何か迷うようにして黙ったので、なんの個性もない相づちを打った。それが効果的だったのか、また口を開いた。

「……子供を作らなかったのは、仕事が忙しかったからだけじゃないの。私の方に迷いがあったの。大学時代から付き合ってきて、彼にもう、なんのときめきも感じなくなっていた。もちろん、家族としての愛情はあるけど、それ以上でもそれ以下でもない。このまま子供を作って今後の人生を彼と共にしていいのかな、っていう迷いが、ここ数年、ずっとあった。離婚も考えたけど、さっきも言ったように友達も皆、共通で、その枠の中から出て生きるのが不安で、迷いながらここまで来てしまった。彼も多少は同じような気持ちだったんだと思うけど、よくわからない。今が女としてやり直せる、最後の機会かなと思って、今年こそ離婚しようと考えている矢先に彼のがんが見つかってね……」

彼女がまた、祥子の表情をうかがうように見たので、黙ってうなずいてみせた。

「がんになったと聞いた時、なんとも言えない気持ちになった。もちろん、悲しかったし、半年ほどの闘病中、頑張って看病したつもりだけど、一番強かったのは罪悪感」

「そんな」

「ずっと後悔していた。子供がいれば、彼も子孫を残せたのかなあ、とか、いや、いないからこそ、彼も思い残すことなく、逝《い》けたのかなあとか」

「なるほど」

「そういう、本当のことを誰かに話したかった」

彼女は下を向いて、少しだけ泣いた。


朝、私が起きる前に出て行ってくれますか、と言われたので、注文の通りにした。

——亡き夫と暮らした立派なマンションに住むのはつらいだろうな。

ビールグラスに手をかけたところで、電話がかかってきた。スマホを手に取ると角谷だった。

「もしもし?」

「今、店の中にいます」

あたりを気にして、小声でささやいた。

「じゃあ、メールにします」

彼はすぐに了解して切ってくれた。

〈お昼、食べませんか？　いい店、見つけたんです〉

〈今、ご飯食べて、そのあと家に帰るところなんですが……〉

〈じゃあ、無理しないでいいですが、前に祥子さんが大阪で飲まなかったので残念だったって言っていた、獺祭《だっさい》が飲める店なんです〉

店のホームページのＵＲＬが送られてきた。

それを見て、すぐに返事をする。

〈行きます〉

彼の笑い声が聞こえてきたような気がした。

そのまま行こうか迷ったけれど、ランチが始まるまで時間があったので一度帰宅して顔を洗い、着替えてから店に向かった。

彼が指定してきたのは、新橋にある店だった。

烏森口《からすもりぐち》を出てパチンコ店の間の道に入ると、居酒屋やラーメン屋などがずらりと並んでいる。どの店も大きな置き看板を出していて、カラフルな写真が貼ってある。どれもおいしそうで、つい、足を止めたくなった。

——新橋のサラリーマンはこれだけ誘惑があると、まっすぐ家に帰れなくて大変だろうな。

その看板から顔を上げたところで、目当ての店の前で手を振っている角谷が目に入った。

「すぐにわかりましたか」

わかるもなにも、あれだけ派手に手を振られたら気がつかないわけがない。思わず、苦笑してしまう。

やはりここにも大きな立て看板があって、ランチのセットの写真が貼られていた。カキフライ、ミックスフライ、鯖の塩焼き、お刺身、鶏の唐揚げ……それに、少し離れたところに、小さなホワイトボードがあって、そこに「限定ランチ　鰤《ぶり》しらす丼　ホタテクリームコロッケ付き」と手書きで記されてあった。扉には「昼飲みもできます」というポスターも貼ってあった。

それを二人で見ているとちょうど開店時間になったのか、男性店員に招き入れられ、二階に案内された。

一番乗りだから「どこでもお好きなところに」と店員に言われる。

「どうしましょうか」と、角谷が目で尋ねてきた。

少し迷った。四人掛けのテーブルも魅力があるが……。

「これから人がたくさん入ってくるでしょうから、カウンターの方がゆっくりできませんか」

「ああ、そうですね」

二人で並んで、カウンターの一番隅に座った。個室ではないけれど、どこかお店のポケットのように、二人だけの空間になれる場所だった。

これから獺祭を飲むなら、少し長居できそうな席がいい。

カウンターにはランチの他に、夜のメニューとアルコール類のメニューも置いてある。

「ほら、獺祭あるでしょう」

彼が指さしたところに「純米大吟醸 磨《みが》き三割九分」と書いてあった。しかし、値段を見て絶句してしまう。

「これは……」

「飲みましょう」

「獺祭ってこんなに高かったでしたっけ。ランチより高いわ」

「いいじゃないですか、たまには。おごりますよ」

カウンターの中の調理白衣を着た男性が、グラスに入ったほうじ茶を出しながら言った。

「何にしますか」

思わず、角谷と二人で顔を見合わせる。

「僕は鰤しらす丼」

「あ、私も」

「あと……」

彼が、ほら注文しなさいよ、とでも言うように祥子の横っ腹をつつく。もう、と言いながら噴き出してしまった。

「じゃあ、獺祭をください。純米大吟醸を」

「二つ」

横から角谷が声をそろえた。

注文が通ると、彼は祥子の方に身体を向けた。

「今日も朝まで仕事でしたよね？」

「そうです。でも、ご依頼の方の家を早めに出たので、新宿でモーニングを食べている時に電話を受けました」

「お疲れ様」

　角谷は店の中を見回した。

「ここ、東京に来た時は、時々利用してたんです。東京事務所の先輩が好きでね。もう二十年近く通ってます」

　ふふっ、と思い出し笑いをした。

「なんか、あったんですか」

「いえ、その先輩とここで飲んだ翌日に、たまたま別の人と新橋に来て、最初は別の店に行ったんですけど、二軒目にここに来たらその先輩がカウンターの端で一人で飲んでて、結局、合流したりして。思い出がある場所なんです」

「角谷さんも大好きじゃないですか」

「そうかもしれません」

「……実は私もここ、ずいぶん前に何回か来たことがあるんですよ」

「え」

「友達の会社がこの近くにあって、その子と飲んだことが……」

「へえ。じゃあ、すれ違ってたかもしれませんね」

話しているうちに酒が運ばれてきた。外が黒、中が赤い塗りの片口《かたくち》と白い猪口がテーブルの上に置かれ、店員が一升瓶《いっしょうびん》から酒を注いでくれた。猪口はすうっと細長い形で、端正な純米大吟醸にふさわしいと思った。

昔は、升《ます》に入れてくれたような……と思い出しながら、それを見つめた。

「じゃあ、いただきます」

白い猪口を合わせて、ちりんと音をさせる。

一口、酒をすすった。

まず、香りがとてもいい。優しい米の香りがする。すっきりとした飲み口の奥に甘みが広がる。最後の余韻がまた豊かで長く続いた。

「ああ、おいしい」

「何年越しになるかな」

「え」

「祥子さんが大阪に来て、獺祭を飲まなかった時から」

「三年くらいかな?」

「つまり、僕が誘って、断られた時から三年」

「また、それを言う。次に大阪に行った時はちゃんとご一緒したじゃないですか」

祥子が文句を言ったところに、鰤しらす丼が運ばれてきた。

「お待たせしました」

四角い盆の上に、それぞれの料理がきれいにセットされていた。

「じゃあ、食べますか」

「ええ」

鰤しらす丼には、タレが付いた鰤の刺身がたっぷり六枚、空いたところにしらすがのっていた。胡麻と大葉とわさびが色を添えている。それにホタテクリームコロッケと小松菜のおひたし、しば漬け、あおさの味噌汁があった。

祥子は味噌汁を一口飲んだあと、どんぶりに手を伸ばした。

刺身でご飯を包むようにして頬張る。甘めのタレが脂ののった鰤とよく合っていてうまい。

タレと脂でこってりとした口の中に、また、獺祭を含む。爽やかな酒で洗い流されるようで、これがまたおいしい。

「やっぱり、お魚と日本酒の相性って最高ですね」

角谷に話しかけると、彼も笑顔でうなずいた。

次にしらすとご飯を食べる。しらすの塩味だけのさっぱりとした味で、鰤とはまた違った旨さがある。鰤としらすを交互に口に運んだら、いくらでも食べられそうだった。

そこでホタテクリームコロッケを箸で割った。さくさくと音がするような揚げ方で、味に特段の個性はないが、これまた味が変わってよい。

「……考えてくれましたか。僕が提案したこと」

祥子がコロッケを頬張っているところに尋ねられた。この前会って、角谷から言われた話は二つあったはずだが、そのどちらのことか彼は言わなかった。

祥子はうなずいた。

「……いろいろ迷いましたが」

「はい」

「角谷さんが言ってくださった通り、同じマンションに引っ越すことを前向きに考えてみようかと思っています。民泊のことも」

角谷は唇をちょっと引き締めた。何かを我慢するように。でも、耐えきれずに笑ってしまい、顔がくしゃくしゃになった。大人の男の喜び方だな、と思った。「隠しようがない」という言葉がぴったりだった。

「よかった。ありがとうございます」

「亀山に話して相談します。今住んでいるのは彼の親族が所有しているマンションなので」

「わかりました。じゃあ、こちらも管理人さんに話して、空いている部屋があるか聞いておきますね」

「よろしくお願いします。今後も見守り屋の仕事はしつつ、民泊の準備をしようと思います」

「ちょっと聞いてもいいですか」

「はい」

「いろいろ迷った、ということですが、その迷った理由と、迷いを払拭《ふっしょく》した理由を教えてもらえますか」

祥子は鰤を一口食べて、少し考えた。

「迷ったのはやはりいろいろとしか言えませんけど、家賃も高くなるし、民泊という新しい仕事を始めてやっていけるのかな、ということとか、そういうことですね」

「なるほどね」

「払拭した理由ですが……昨夜ある依頼人の方と一緒にいて」

「はい」

「その方の詳細はお話しできませんが……話を聞いていてなんだか心が決まりました」

祥子はタワーマンションに住んでいる依頼者の話を聞いて、人が人に惹かれ、心から一緒にいたいと思う時間はごくわずかなのだ、と悟った。それはうつろうかもしれないけれど、だからこそ、小さな疑惑にこだわるよりも、今の気持ちに素直になろう、と。それに、今後、何か問題が起きたら、またその時考えればいい。

「ある依頼人の話を聞いた、その詳細は言えないとか……それだけじゃ何もわかりませんよ」

角谷が口をとがらすようにした。

「とにかく、自分の気持ちに沿って行動してみようと思ったんです」

やっと彼は納得したのか、うなずいた。

「それからもう一つのことです。あの占い師のこと」

角谷の表情がまた引き締まる。

「あの人のことですが……彼のことについて、私はやっぱり角谷さんに話すことはできません。どうしてもです」

「……わかりました」

「私のことは、私で片付けます」

彼は小さくうなずいた。

「それに、実際、あなたに話せるようなことは何もないんです。彼はほとんど眠っていましたから」

あの日の夜……彼の邸宅に行った日、お手伝いらしき老女に案内されて彼の部屋に通された。

介護用ベッドの脇のソファに座って、じっと朝まで時を過ごした。

確かに彼はずっと眠っていた。確かに……あの一瞬以外は。

朝日が差し込もうとする頃、彼はそのつらそうな荒い息を止め、目を開いてこちらを見た。目と言うより、顔に二筋の切れ目があって、それが開いたような感じだった。

「お前は誰だ？」

彼はしばらく祥子の顔を見たあと、ささやくように尋ねた。

「……子です」

それは家に着いた時に頼まれていたことだった。サングラスをして、用意されたカツラをかぶるように言われた。長い髪が緩《ゆる》やかにウエーブしている髪形のカツラだった。そして、たぶん、彼は起きないだろうが、万が一目を覚ましたら、その女性の名前を名乗ってくれ、隣の部屋に必ず、誰か使用人がいるから、彼の容体《ようだい》が変化したら声をかけるようにと。

「……子か」

「はい」

「……すまなかったな」

そう言うと、彼は目をつぶり、涙がつうっと下に落ちて耳の方に流れた。

そのまま、祥子が家を去るまで目を開けることはなかった。

帰りに、家の若い男性に呼び止められ、別室に行って何があったか説明させられた。彼は隣の部屋にいたが、老人の声が小さくて聞き取れなかったようだった。祥子はあったことを話し、それを口外しないようにきつく命じられた。彼は占い師の遠縁の男で、彼の養子になっていると自分を紹介した。

「こういう場所に来てくれそうな女性を急遽用意しようとしたんです。うちにはいないので……ある程度、この世界のことを理解してくれて、口が堅い、身元もはっきりした女性を。何人かの候補の中で、あの人に一番似ているのがあなただったので呼びました」

「そうですか」

「だから、期待を裏切らないでほしい」

そして、じっと目を見つめられた。

「別に漏らされたからといって、大きな問題になるようなことでもありません。だけど、オヤジの最期《さいご》が軽い読み物として週刊誌なんかに載るのは耐えられない。ましてやネット記事なんかに」

それは身内の気持ちとして、少しだけ賛同できた。

「……子」は彼がだまして、すべてを奪った女性演歌歌手の名前だった。

その後も数回彼の家に呼ばれて、同じように枕元に座った。けれど、彼が目を開いたのは最初の一度きりで、二度と話すことはなかった。

「本当に何もなかったんです」

「わかりました。ただ、またさらにあの男や、別の人間がこのことであなたに近づくようなことがあったら、必ず、知らせてください」

絶対ですよ、と角谷は祥子に約束させた。

「わかりました」

祥子はまた鰤の刺身でご飯を包むと口に運んで、その話を終わりにした。

本当はまだ誰にも話していないことがあった。亀山や角谷にはもちろん、その養子にも。

彼は「すまなかったな」と言ったあとに、「許してくれ」と言ったのだった。

占い師が言ったことにはすべてしたがい、すべて肯定的に話すこと、病人に逆らわないことと指示されていた。けれど、「許してくれ」と言われても、どうしても祥子は、「はい」だとか「わかりました」だとか「許します」とは言えなかった。

はい、という一言を聞かぬまま、彼は目をつぶって、また意識が混濁した。

養子の男に尋ねられた時、「すまなかったな」と言われましたと報告しただけで、それ以上は話さなかった。

なぜか、どうしても彼を許せなかった。それを許すのは自分ではない気がした。

あとで養子の男に聞いたら、あの時が、彼が最後に意識を取り戻した時らしかった。


「さあ、もう一杯飲みませんか」

黙って口だけを動かしている祥子に、角谷が言った。

「まだ昼間だけど」

「飲みますか。私はもう、家に帰るだけだし」

「いいですね」

二人でメニューを広げた。

「どうしましょう」

「この店で一番高い酒を頼んだんですから、次は一番安い酒を飲むとか」

「ははは」

それは、この店にずっと定番で置いている「尾瀬《おぜ》の雪《ゆき》どけ」という銘柄だった。

「それの純米酒にしますか」

とりあえず、一合頼んで、二人で分けて飲むことにした。

「改めて、乾杯」

尾瀬の雪どけは獺祭と同じ純米大吟醸酒だが、少し香りがきりっとしている。

「これまたおいしい」

「ですね」

祥子は少し残っていた獺祭と味を比べてみる。

「どちらもおいしいですが、獺祭の方が後味が長いというか……香りが後を引くというか」

「なるほど」

「ご飯と一緒に飲むなら尾瀬の雪どけ、お酒だけを楽しむなら獺祭というところでしょうか」

「まあ、酔ってくるとどちらでも楽しいですね」

「本当に。日本酒は楽しい」

横に座っている角谷が、誰にも見えないように、そっと祥子の手を握った。それだけで、少し心拍数が上がった気がした。

この一瞬を大切にしたい、と祥子は思った。

第十六酒　末広町　白いオムライス

「祥子さんの一晩を予約させてもらいました」

ドアを開けた小山内学《おさないまなぶ》は、祥子の顔を見て微笑んだ。

「ご予約、ありがとうございます」

祥子も少し芝居がかった感じで、丁寧に頭を下げた。お互いに目を合わせて笑った。玄関から続く廊下に、いくつか段ボール箱が積み上げてあった。

「実は明日、引っ越すんですよ」

小山内は祥子を部屋に招き入れながら、説明した。

「その前に、あなたとお話ししないといけないと思っていて」

「私もお会いしたいと思っていました」

半年ほど前に小山内の母、元子《もとこ》が亡くなった。

元子には多少認知症の症状があり、以前、ここに住んでいた頃、出版社に勤める小山内が雑誌の校了前などで深夜家を空ける時、祥子が来て見守りをしたことがあった。

祥子は葬儀に出席したが、喪主《もしゅ》である小山内とはほとんど言葉を交わせなかった。

その二ヶ月後に、小山内から紹介されて見守りをしたことのある樋田春佳《ひだはるか》も亡くなった。こちらは新聞の訃報《ふほう》記事で知っただけだった。

樋田は、小山内が昔、担当していた小説家で、苦労してブレークした矢先にガンに倒れた。祥子はその病床を見舞い、深夜の話し相手になった。

元子のことも、樋田先生のことも気になりながら、そこは依頼されて初めて会いに行くという「見守り屋」の立場の悲しさで、自分から連絡をとることはできなかった。ましてや、小山内とは最後に会った時、交際しようという申し出を断った過去がある。

「お茶かお水でもいかがですか」

小山内は冷蔵庫を開けながら言った。

「そういうわけで、ペットボトルですが」

「いただきます」

ダイニングに案内された。

その部屋は十二畳ほどで窓際に大きな本棚がある。昔はそこにびっしりと食に関する専門書が並んでいた。

しかし、今は空《から》の本棚がぽつんと置いてあるだけだった。

「本は思い切って、処分したんです」

祥子の視線に気がついて、彼はペットボトルを差し出しながら言った。

「座ってください」

「ありがとうございます」

ソファセットに向かい合わせに座った。

「……実は、また、女性と一緒に住むことになりました」

「あ」

小山内は少し恥ずかしそうで、でも、幸せそうだった。それを最初に言ってくれるのは、きっと彼の気遣いと優しさだと思った。

「結婚も視野に入れて、彼女の家に引っ越すことになったんです。千葉の方で通勤に少し時間はかかるんですが、通えない距離じゃないんです。実は、今年の夏の人事異動で編集長を退《しりぞ》いて、海外の権利関係を扱う部門に移りました。僕もそろそろ……少しのんびり暮らそうかと思って」

のんびり暮らす、と決めたのは人事異動があったからなのか、彼女のことがあったからなのか、小山内は言わなかった。祥子もあえて聞かなかった。

たぶん、その両方なんだろうと思った。

「どちらでお知り合いになったんですか」

「はい？」

「その方と……」

「あ、友達の紹介で」

小山内はまた頬を赤らめた。紹介、というのが若い人のようで恥ずかしかったのかもしれない。

「では出会って数ヶ月で？」

「はい」

「出版関係の方ですか」

「いいえ。ずっと企業の広報をやっていた人なんですけど、彼女も最近ちょっと仕事を退いて、千葉で海辺の家を買ったんです。僕も時々遊びに行って、すっかり気に入ってしまって」

「千葉っていいところですよね。私も友達と何度か行きました」

「もともとはサーフィンが好きな人が海の近くに建てた別荘なんです。広いし、庭や駐車場、大きな物置もあるし、本を持ってきてもいいよ、と言われてたんですけど……」

小山内は昔、少し年上の女性と長いこと付き合っていたが結局結婚にまでは至らなかった、と語っていたことがあった。しかし、今回は数ヶ月でそこまで進んだわけだ。

こういうことはきっとタイミングなんだろうな、と思った。本を処分するというのも、これまでの生活を変えたい、という気持ちの表れかもしれない。

「元子さんからいただいた胡蝶蘭《こちょうらん》、まだ家にあります。なんとか枯れずに育っています」

祥子は話を変えた。

「それはそれは。母も喜ぶでしょう」

そこから、元子の思い出話をした。

「何度か、祥子さんが元箱根《もとはこね》の施設にまで一緒に行ってくれて……本当に助かりました」

「私はただついて行っただけですよ」

「いや、本当にあの頃は参ってましたから……祥子さんがいなかったら、最後まで頑張れなかった」

「それなら、よかったです」

そして、樋田先生の最期のことも話してくれた。

「痛みや苦しみがないようにっていうのが先生の願いでしたから、最後は強い痛み止めを使いました。この薬を使ったらもうお話しできません、とお医者さんから聞いていたので、ご家族と何人かの編集者が集まりました。素晴らしかったのはその数日前に、文庫本が出せたことです。すでに単行本として出版されていたものの文庫化なんですが、先生はとても喜ばれてね。さらに、亡くなって一ヶ月後にも、同様に、もう一冊、最後の文庫本が出ました。先生は、そうなるように采配《さいはい》を振って亡くなられたんです。『最後まで小説家として生きることができて、こんなに嬉しいことはない』って何度も言われていました。だから、変な話ですが」

小山内は声を詰まらせた。

「病室に集まった時、僕たちの中には悲愴《ひそう》感はありませんでした。先生と共に最後までやり切った、という満足感さえありました。そういうふうに計画、準備して、それをやり遂げて旅立たれた先生のおかげです」

「先生らしい」

「ええ。眠るように亡くなった母も、最後まで闘った先生も、どちらもいろんなことを僕に教えてくれました」

東京のど真ん中から千葉に移住するのも、彼女たちの死が関係しているのかもしれない、と祥子は思う。

「さて、祥子さんは？」

「え」

「祥子さんの近況は？」

急に自分に矛先《ほこさき》を向けられて、祥子はたじろいだ。

「あれから何もないってことはないでしょう?」

小山内がいたずらっぽく笑う。

祥子はためらいながら話した。

前から仕事で会っていた角谷と付き合い始めたこと、彼と同じマンションに住むことを考えていること、民泊という仕事をできないか考えていること。元夫と新しい妻の間に子供が生まれるので娘が少し動揺したけれど、皆で一緒に話し合って今は落ち着いていること、けれど、今後のことは未知数であること……。

小山内は、うんうんとうなずきながら話を聞いてくれた。

「祥子さんも新しい道を歩み始めるんですね」

「小山内さんほどではありませんが」

「そんなことはないですよ」

そして、お互いにどちらの方がより「新しい世界に飛び込む」のか、押しつけ合って笑った。

「でもよかった。落ち着いて」

「そうですね」

「お嬢さんには話されたんですか」

「……実はまだで」

「そうですか」

　小山内は少し眉根を寄せた。

「どういう反応を示されるでしょうか」

「さあ、わかりません」

「ちょっと気になるなあ。もしも何かあったら、相談してくださいね」

　祥子は思わず、笑った。

「小山内さんは心配性なんですね」

「考えすぎるんですよ。彼女にもよく言われます」

「でも、今回は飛び込んでみることにしたんでしょ」

「ええ」

「それだけ、その方に魅力があったんですね」

「それは、祥子さんにお返ししますよ」

　お互いに顔を見合わせて、照れ笑いした。

　祥子は、引っ越しの荷物が詰められた段ボール箱が積み上がっている部屋を見回した。

「なんだか、いろいろなことが変わっていきますね。もちろん、すべて自分が選択した結果なんでしょうけど……でも、少し寂しい」

「いいえ、何も変わりませんよ。いつでも連絡してください」

「ありがとうございます」

でも、きっともう、この人と会うことはないだろうと祥子は思った。彼にもまた新しい世界が始まっているのだから。


夜明けまでしゃべって、仮眠を取った。彼は寝室で、祥子は前と同じようにダイニングのソファで。

「よかったら、お昼、ご一緒しませんか。ちょっと歩く場所なんだけど、変わったオムライスを出す店があって……散歩がてらに行きませんか」

祥子さんにぜひ食べさせたいと思っていたんだ、と彼は明け方、寝る前に言った。

「引っ越しは大丈夫ですか」

「午後三時過ぎなんで、それまでは空いてます」

しかし、二人で家を出るのとほぼ同時に小山内に電話がかかってきた。しばらく真剣な顔で話したあと、電話を切って「すみません」と謝った。

「引っ越し業者からで、午前中の仕事が早く終わりそうだから早めに来たいと連絡がありました」

「大丈夫です。気にしないでください」

「最後に食事をしたかったんだけど、残念です」

小山内は軽く頭を下げて、握手をすると、家に戻って行った。

――さあ、どうするかな。

祥子は一つため息をついた。

すでに、彼が語ったオムライスで頭がいっぱいになっていた。

――一人で行ってみるか。

末広町《すえひろちょう》の駅の近くだと聞いていた。スマートフォンの地図アプリで場所を確認して歩き出した。

店は雑居ビルが建ち並ぶ通りの一角にあった。

立て看板がいくつかあって、ランチメニューがいくつも並んでいる。

北海道産の牛肉を使用したハンバーグ、ポークジンジャー、牛タンシチューに、カルボナーラ、ナポリタンなどのパスタと、チキンライスやシーフードピラフなどのご飯もの、そして、オムライスが二種。チキンライスとデミグラスソースを使った定番のオムライスと、真っ白なソースのかかった白いオムライス！　写真で見る限り、本当に真っ白だった。

小山内が「変わったオムライス」と言っていたのは、この白いオムライスのことだった。

――普通のオムライスも、ハンバーグもポークジンジャーも魅力がある。自宅の近くにあったら、全種類制覇したい店だ……だけど、今日はやっぱり、白いオムライスを試してみたいかな。

祥子は中に入った。

開店してすぐだったので、他には男性客が一人いるだけだった。

「カウンター席にどうぞ」

祥子は入り口近くのカウンターに座った。

もう一度、ランチメニューを見る。立て看板に書かれていたのと同じメニューが記されていて、「＊全ての料理にスープ・サラダが付きます」と書いてあった。他にドリンクメニューがあり、ソフトドリンクの他に、ビール、ハイボール、赤ワイン、白ワインがあった。

――料理は白いオムライスにするとして、飲み物は何にするかな……。

白いオムライスというものの味が、まったく想像できない。白いところは卵の白身なのだろうか。それとも、黄身が白い特別な卵を使っているのか。

——うーん、味がわからない以上、ここは勘で飲み物を決めるしかない。無難なところでビールでいくか。いや、さっぱりとしたハイボールも捨てがたい。けれど、せっかくのちょっといい洋食、ワインも捨てがたい……。

店主兼コックといった風情《ふぜい》の若い男性が注文を取りに来た。

「白いオムライスください……それから、飲み物を……白ワインをください」

彼は「はい」と短く返事をして、カウンターの中に入って行った。

運ばれてきた白ワインはさっぱりとした酸味のある味だった。これなら、どんな料理も受け止められるだろう。なんだか、急に食欲がわいてきた。昨夜から何も食べていない。お腹が鳴りそうだ。

少し年かさの男性が店に入ってきた。店主に挨拶をしたあと、厨房でエプロンをつけた。

その男性が小さなカップに入ったスープとサラダを運んでくれた。会話の様子からすると、店主の身内のような気がした。

「ニンジンとキャベツのスープです。熱いのでゆっくり召し上がってくださいね」

その言葉が柔らかくて優しくて、この店のすべてが丁寧に作られているように思えた。

祥子はカップを手に取る。言われた通り、ゆっくりと口に運んだ。

――おいしい。ニンジンとキャベツだけなんて思えない、濃厚なポタージュスープだ。身体に染み渡るような。

サラダはサニーレタスが中心のグリーンサラダだった。上にかかっている白いドレッシングは一見、マヨネーズに見えるけれど、さっぱりしたフレンチドレッシングだ。

そして、それらを食べ終わった頃に、主役の「白いオムライス」が運ばれてきた。ごく小さなココット皿が付いていて茶色い液体が入っている。

「最初、中心から割って召し上がってください。途中からこの
と言いながら、さっきと同じ男性がココット皿を指した。

「和風ソースをかけて、味を変えてお楽しみください」

「いただきます」

大きいなあ、と心の中で思わず、感嘆してしまった。

本当に、雪のように真っ白なオムライスに真っ白なソースがかかっている。

ナイフとフォークを取り上げて、言われた通り、真ん中から切り分ける。すると、オムライスの中からとろりと黄身が流れ出した。チキンライスを、白いオムレツ、黄色の黄

身、真っ白のソースが取り囲んでいる。

——なんかめちゃくちゃ迫力ある、力強い見た目。すごい、すごい。これはなんかすごい。

写真に撮りたい、と思いながら、それより何より早く食べたい。どんな味なのか確かめたい、という欲求が強くて、祥子はナイフで一切れ切り取って口に運んだ。

——なるほど、こう来たか。

チキンライスが普通よりも茶色っぽいと思ったら、醤油風味なのである。ソースは濃厚なチーズ味だ。それに、白い卵、半熟の黄身がからまって、えも言われぬ味わいである。

——これは早く白ワインにも味わわせてやらなければ。

慌ててグラスを手にして、ワインを一口。

——合う。やっぱり、白ワインにしてよかった。濃厚な味に白ワインが合いすぎる。

醤油味、卵の黄身、となれば高級な卵かけご飯のようなもので、もちろん、そういう味わいもあるのだけれど、やっぱり、これは「洋食だ、オムライスだ」と思う。

よく見ると、ライスの中には、シメジ、エビなどが入っていて味のアクセントになっていた。

アドバイスの通り、途中で和風ソースをかけて味変をした。

ソースも醤油味で、肉の風味がする。これがまたこっくりとしていて味が深まった。

――白ワインはあっという間になくなりそうだ。もう少し飲みたいな。

祥子は軽く手を上げた。

「すみません。赤ワインもください」

運ばれてきたのは柘榴《ざくろ》色のワインで、コクがあるけれども優しい飲み口だった。

これがまた、ソースをかけて味が深まったオムライスにとても合う。

――次に来た時は普通のオムライスをぜひ試してみたいけれど、でも、それが数ヶ月後だったら、やっぱりまたこの白いオムライスを頼んでしまいそうだ。そういう癖になりそうな味だ。

ふと、ああ、だったら次は角谷と来て、二人で半分ずつ分ければどちらも食べられるのだ、と気がついた。

おいしいものを食べて思い出すのはきっとその人が好きということなのだろうけど、両方を食べたくてその人を思い出すのはどういうことなのだろうと考えた。

――馴れ合いかな。いや、食い意地か。

そして、小さく笑ってしまった。

とにかく、まあ。

世界はまだまだ、自分の知らない、おいしいものにあふれている。


その朝を祥子は一人で迎えた。

すでに荷造りはすんでいる。

「僕も行きますよ。引っ越し、手伝います」

角谷から言われたけれど、断った。

「一人で大丈夫です」

荷物はそう多くない。祥子の引っ越しも午後だった。

――その前に最後の食事をしていこうかな。この街で。

コートを羽織《はお》り、ポケットに財布を入れ、鍵を閉めて家を出る。

行き先は行きつけの「うさぎや」だ。家を出る前から決めていた。

家から歩いて五分ほどのところにその店はある。

奥に細長い店で、カウンターと二つのテーブル席があるだけだ。家具はすべて白木《しらき》で、飾り気はないけれど、明るくて清潔感があった。今は開店してすぐなので、祥子が一番乗りだった。

カウンターの隅に座る。

何度も来ているからメニューは見なくてもわかっていたけれど、一応、広げる。

「うさぎや」は定食屋兼喫茶店兼居酒屋、というところで、昼はランチセットを出し、午後は手作りケーキとお茶、夜は和食を中心にしたメニューの居酒屋になる。

厨房では無口な旦那さんが料理を作り、奥さんが店内を取り仕切っていた。時々、「みなちゃん」と呼ばれているアルバイトの女性がいるが、昼間はほとんど二人でやっている。みなちゃんは近所の専門学校に通う、親戚の女の子らしい。三人とも口数は少なく、こちらから話しかけない限り、必要なこと以外は口を開かない。

それでも、この数年、この店に通ううちに、祥子は自然と三人のことを知った。

店をほぼ身内で切り盛りしているからか、どことなくのんびりした雰囲気がある。

昼ランチのメニューは「うさぎ定食」千円、「コロッケ定食」九百円、「生姜焼《しょうがや》き定食」九百円、「日替わり定食」八百円の四種類だった。

奥さんがお水を運んできた。

「今日の日替わりは鰯《いわし》の南蛮漬《なんばんづ》けです」

定番のランチメニューが揚げ物と肉だからだろうか、日替わりは魚の時が多かった。

「……うさぎ定食で」

本当は店に来る前から決めていたけれど、一応、考えるふりをするのも毎度のことだ。

「ご飯は白米にしますか、十六穀米《じゅうろくこくまい》にしますか」

「十六穀米で」

この店はご飯の種類をどちらか選べる。

祥子は元来、白飯の方がずっと好きなのだが、この店で食べて考えを改めた。ここの十六穀米はもちもちしていて、雑穀の旨み一つ一つが感じられる。よほど吟味した雑穀を使っているのか、炊き方が完璧なのか、どちらかだと想像していた。

「あと……」

祥子はまだメニューを手放さない。

夜は居酒屋をしているから、酒のメニューはそろっている。

生ビールか……白ワインか……。

ここに来るまで今日はアルコール類はやめておこうと思っていた。午後は引っ越しだし。だけど、やっぱり、飲みたくなった。

今日が最後かもしれない。

「よなよなエールください」

奥さんはほとんど無表情でうなずいた。

料理が運ばれる前に、よなよなエールの缶とグラス、小鉢が来た。

薄い薄いグラスはちゃんと冷やしてあって、ビールを注ぐとさっと霜がとけた。

小鉢には長芋の短冊切りが入っている。素っ気ないほどの見た目だ。祥子はそれを箸でつまんで口に入れた。

ああ、と声が出そうになる。

一見、ただの長芋に見えるけれど、出汁《だし》漬けにしてある。その味が絶妙でうまい。

——このお通しで最初の一口を飲むのも楽しみなんだよね。

長芋を半分食べ終わった頃を見計らったように、うさぎ定食が運ばれてきた。

うさぎ定食は九枚の皿にのせられてやってくる。

まず、定食と同じコロッケと生姜焼きと日替わりの鰯の南蛮漬けが少しずつ、他にほうれん草のおひたし、揚げ出し豆腐、大根サラダ、玉子焼き、牛肉とごぼうのしぐれ煮、漬け物、それからご飯とお味噌汁。

副菜は日によって少しずつ違う。でも、いつも全部がおいしい。腕のいい料理人が丁寧に作った味がする。

「うさぎや」の料理はすべて酒にもご飯にも合う。だけど、味は濃すぎない。

祥子はまず、コロッケを半分に割って口に入れた。

コロッケは天に届けとばかりに衣のパン粉がとがっていて大きい。さくさくなんてものじゃなく、ざくざくだ。けれど、後味は軽い。いいラードで揚げているに違いない。

芋の部分がほどよくねっとりしている。これは里芋かなにか、別の芋が少し入っているのではないか、と祥子は前からにらんでいる。時々、こりっとした肉に舌が当たる。それがまた味わい深い。前に、旦那さんが別のお客さんの問いに答えて、肉は国産牛のすじ肉を軟らかく煮たものを細かく切って使っている、と言っていた。なるほど、それならばこの旨みの深さもうなずける。

さらに生姜焼きがうまい。焦げ目がついた肉にさっとタレがからめてある。そのタレが甘すぎず、辛すぎず、生姜の香りがぴりっと利いている。

そこでまたビールを一口。

亀山と先々週、話したことを思い出した。

「お前がその気になってるなら、こちらは止めようがない」

祥子の話を聞いて、彼が言った言葉だった。

「そんな言い方」

「いや、だって、祥子は大人だし。離婚して家を放り出された時なら、まだ意見することもできたが、今はね」

「反対なの？」

「いや、反対というわけでもないが、なんと言ったらいいかなあ」

亀山は首の後ろあたりをぼりぼりかいた。

「もしも、お前がその民泊とやらを本格的に始めたらこっちの仕事ができなくなるし、まあ、それは新しく人を雇えばいいんだが、お前についてる客をどうするかとか……それに、当然、家賃も高くなるよな。それでもやっていけるのか」

「それは未知数」

「だろ。戻ってきたいって言われても、急には対処できないかもしれない。それに、お前だってあの男……角谷と別れるかもしれないし」

「はっきり言うな」

「いや、俺はさ、男と仕事は切り離した方がいいと思うわけ」

「まあ、そうだけど。だったら、世の中の夫婦でやってる青果店《せいか》とかはどうなるの?」

「それはまあ、夫婦だから」

「夫婦でも別れるのは一緒よ」

思わず、二人で笑ってしまう。

「話が変な方に行ってる」

「まあね」

「とはいえ、祥子が決めたのなら、しかたがない」

「そんなにすぐに何もかも変わるわけじゃない。まずは引っ越しするだけ。私もいろいろ心配だけど……でも、今は先に進んでみようと思う」

「わかった……角谷もそろそろどこかの事務所に正式に就職できそうなんだろ」

「前に来年くらいにはできそう、と言っていたけど」

「それなら少し安心だ」

とにかく、頑張れよ、と言って亀山は送り出してくれた。

――亀も今日の引っ越しを手伝おうか、と言ってくれた。

「うさぎや」の副菜をつまみにさらに飲んだ。おひたし、揚げ出し、しぐれ煮……すべてうまい。普通の和食だけれど、料理の出汁がそれぞれ違う。祥子もそこまで舌が肥えているわけではないからすべての出汁を当てたりできるわけではないけれど、たぶん、そうだ。

――おひたしは鰹と昆布、揚げ出しはあご出汁かな、玉子焼きは鰹のみ、しぐれ煮は昆布だしが入っている気がする……それ以上はわからないな。

一通り平らげた頃には、ぽつぽつと近隣のサラリーマンたちが入ってきた。壁掛け時計を見上げると、十二時になっていた。

――そろそろ退散だ。

祥子は最後のビールを飲み干して、立ち上がる。

レジのところには祥子の様子を見て、奥さんが立っていた。

「ごちそうさまでした」

「ありがとうございました」

祥子は財布を取り出した。

「……いつも、おいしそうに飲んでいらっしゃいますね」

「え？」

ほとんど話しかけてこない人なので、驚いた。彼女は柔らかな笑顔を向けてくれていた。

「いえ、いつも楽しそうで、おいしそうで……うちの店としても、とても嬉しくて、ありがたいです」

「あ、ああ。こちらこそ、いつも、おいしい料理をありがとうございます」

ふと視線を感じて奥に目をやると、厨房から白い割烹着《かっぽうぎ》姿の旦那さんも顔を出して、無表情のまま会釈《えしゃく》していた。会話が聞こえていたのかもしれない。

見られていたのか。目立たぬように、ひっそりと飲んでいたつもりだったけれど。

「ありがとうございました！」

彼らの声に、背中を押されて店を出る。

自分はいつも一人で楽しみ、悩み、食べていたつもりだったけれど、ずっといろんな人に見守られていたのかもしれない。

――武蔵小山の肉丼、中目黒《なかめぐろ》のラムチーズバーガー、丸の内の回転寿司、十条《じゅうじょう》の肉骨茶《バクテー》、代官山《だいかんやま》のフレンチ、表参道《おもてさんどう》の焼き鳥丼、築地《つきじ》のミルクセーキ、豊洲《とよす》の寿司……。健《すこ》やかなる時も、病める時も、喜びの時も、悲しみの時も……。店の人たちが、皆、皆、優しく見守ってくれていた。

――全部、おいしゅうございました。

わけもなく涙が出そうになって、祥子は空を見上げる。真《ま》っ青《さお》な空が広がっていた。

――ああ、「うさぎや」の人に引っ越しのことを言い忘れた。今後、急に来なくなったら、気にするかも。

いや、また来ればいい、と思った。

今後もまた、ここに戻れる。いつでも。

そんな気がした。

（この作品『ランチ酒　今日もまんぷく』は令和三年六月、小社より四六判で刊行されたものです）

ランチ酒　今日もまんぷく

一〇〇字書評

切・り・取・り・線

購買動機（新聞、雑誌名を記入するか、あるいは○をつけてください）

□（　　　　　　　　　　　）の広告を見て	
□（　　　　　　　　　　　）の書評を見て	
□ 知人のすすめで	□ タイトルに惹かれて
□ カバーが良かったから	□ 内容が面白そうだから
□ 好きな作家だから	□ 好きな分野の本だから

・最近、最も感銘を受けた作品名をお書き下さい

・あなたのお好きな作家名をお書き下さい

・その他、ご要望がありましたらお書き下さい

住所	〒				
氏名		職業		年齢	
Eメール	※携帯には配信できません	新刊情報等のメール配信を 希望する・しない			

この本の感想を、編集部までお寄せいただけたらありがたく存じます。今後の企画の参考にさせていただきます。Eメールでも結構です。

いただいた「一〇〇字書評」は、新聞・雑誌等に紹介させていただくことがあります。その場合はお礼として特製図書カードを差し上げます。

前ページの原稿用紙に書評をお書きの上、切り取り、左記までお送り下さい。宛先の住所は不要です。

なお、ご記入いただいたお名前、ご住所等は、書評紹介の事前了解、謝礼のお届けのためだけに利用し、そのほかの目的のために利用することはありません。

〒一〇一－八七〇一
祥伝社文庫編集長　清水寿明
電話　〇三（三二六五）二〇八〇

祥伝社ホームページの「ブックレビュー」からも、書き込めます。

www.shodensha.co.jp/bookreview

祥伝社文庫

ランチ酒《ざけ》　今日《きょう》もまんぷく

令和 6 年 5 月 20 日　初版第 1 刷発行

著　者　原田《はらだ》ひ香《か》
発行者　辻　浩明
発行所　祥伝社《しょうでんしゃ》
東京都千代田区神田神保町 3-3
〒 101-8701
電話　03（3265）2081（販売部）
電話　03（3265）2080（編集部）
電話　03（3265）3622（業務部）
www.shodensha.co.jp
印刷所　堀内印刷
製本所　積信堂
カバーフォーマットデザイン　芥 陽子

Printed in Japan ©2024, Hika Harada ISBN978-4-396-35049-9 C0193

祥伝社文庫の好評既刊

原田ひ香 ランチ酒

バツイチ、アラサーの犬森祥子。唯一の贅沢は夜勤明けの「ランチ酒」。疲れを癒す人間ドラマ×グルメ小説。

原田ひ香 ランチ酒 おかわり日和

犬森祥子が「見守り屋」の仕事を始めて約一年。半年ぶりに元夫と暮らす小三の娘に会いに行くが……。

彩瀬まる まだ温かい鍋を抱いておやすみ

食べるってすごいね。生きたくなっちゃう――大切な「あのひと口」の記憶を紡ぐ、六つの食べものがたり。

乾 ルカ 花が咲くとき

真夏の雪が導いた謎の老人と彼を監視する少年の長い旅。人生に大切なものが詰まった心にしみる感動の物語。

乾 ルカ 龍神の子どもたち

新中学生が林間学校で土砂崩れに襲われた。極限状態に置かれた九人の少年少女は――。

泉ゆたか 横浜コインランドリー

困った洗濯物も人に言えないお悩みもコインランドリーで解決します。心がすっきり&ふんわりする洗濯物語。

祥伝社文庫の好評既刊

五十嵐貴久　愛してるって言えなくたって

一時の迷いか、本気の恋か？　妻子持ち三十九歳営業課長×二十八歳新入男子社員の爆笑ラブコメディ。

五十嵐貴久　命《いのち》の砦《とりで》

聖夜の新宿地下街で同時多発火災が発生し、大爆発の危機が迫る。史上最悪の事態に女消防士・神谷夏美は……。

井上荒野　赤へ

ふいに浮かび上がる「死」の気配。そのとき炙り出される人間の姿とは。直木賞作家が描く、傑作短編集。

井上荒野　ママナラナイ

老いも若きも男も女も、心と体は刻々と変化する。ままならぬ、制御不能な心身を描いた、極上の十の物語。

小野寺史宜　ひと

両親を亡くし、大学をやめた二十歳の秋。人生を変えたのは、一個のコロッケだった。二〇一九年本屋大賞第二位！

小野寺史宜　まち

幼い頃、両親を火事で亡くした瞬一は、高校卒業後祖父の助言で東京へ。下町を舞台に描かれる心温まる物語。

祥伝社文庫の好評既刊

祥伝社文庫の好評既刊

桜井美奈
相続人はいっしょに暮らしてください
突然ふってわいた祖母の遺産相続に戸惑う佳恵。家族に遺されたのは、簡単には受け取れないものだった——。

佐野広実
戦火のオートクチュール
祖母の形見は血塗られたシャネルスーツ。遺品の謎から歴史上のある人物を巡る謀略が浮かび上がる！

瀧羽麻子
ふたり姉妹《しまい》
東京で働く姉の突然の帰省で姉妹の確執が⁉ 正反対の二人がお互いと自分を見つめ直す、ひと夏の物語。

瀧羽麻子
あなたのご希望の条件は
転職エージェントの香澄は、自身の人生に思いを巡らせ……。すべての社会人に贈る、一歩を踏み出す応援小説。

千早　茜
さんかく
食の趣味が合う。彼女ではない女性と同居する理由は、ただそれだけ。三角関係未満の揺れ動く女、男、女の物語。

中田永一
吉祥寺の朝日奈くん
切なさとおかしみが交叉《こうさ》するミステリ的表題作など、恋愛の〝永遠と一瞬〟がギュッとつまった新感覚な恋物語集。

祥伝社文庫の好評既刊

中田永一
私は存在が空気
存在感を消した少女は恋を知り、引きこもり少年は瞬間移動で大切な人を救う。小さな能力者たちの、切ない恋。

中山七里
ヒポクラテスの試練
伝染《うつ》る謎の〝肝臓がん〟？　自覚症状もなく、ＭＲＩでも検出できない。法医学者光崎が未知なる感染症に挑む！

中山七里
ヒポクラテスの悔恨
「一人だけ殺す。絶対に自然死にしか見えないかたちで」光崎教授に犯行予告が。犯人との間になにか因縁が？

東野圭吾
ウインクで乾杯
パーティ・コンパニオンがホテルの客室で服毒死！　現場は完全な密室。見えざる魔の手の連続殺人。

東野圭吾
探偵倶楽部《くらぶ》
密室、アリバイ崩し、死体消失……政財界のＶＩＰのみを会員とする調査機関・探偵倶楽部が鮮やかに暴く！

藤崎　翔
モノマネ芸人、死体を埋める
死体を埋めなきゃ芸人廃業⁉　咄嗟の機転で完全犯罪を目論むが……。騙し騙され、極上伏線回収ミステリー！

祥伝社文庫の好評既刊

藤崎 翔
お梅は呪《のろ》いたい
五百年の眠りから覚めた呪いの人形・お梅。現代人を呪うつもりが、間違えて次々に幸せにしてしまう⁉

松嶋智左
黒バイ捜査隊 巡査部長・野路明良《のじあきら》
不審車両から極めて精巧な偽造免許証が見つかった。運転免許センターに異動した野路明良が調べ始めると……。

松嶋智左
出署拒否 巡査部長・野路明良《のじあきら》
辞表を出すか、事件を調べるか。クビ寸前の引きこもり新人警官と元白バイ隊エース野路が密かに殺人事件を追う。

矢樹 純
夫の骨
結末に明かされる九つの意外な真相が不器用で、いびつで、時に頼りない、現代の〝家族〟を鋭くえぐり出す！

柚木麻子
早稲女《ワセジョ》、女、男
自意識過剰で面倒臭い早稲女の香夏子《かなこ》と、彼女を取り巻く女子五人。東京で生きる女子の等身大の青春小説。

柚月裕子
パレートの誤算
ベテランケースワーカーの山川《やまかわ》が殺された。被害者の素顔と不正受給の疑惑に、新人職員・牧野聡美《まきのさとみ》が迫る！

祥伝社文庫　今月の新刊

矢月秀作
廻《かい》天《てん》流《る》炎《えん》　D1警視庁暗殺部

半グレに潜った神馬と暴力団に潜入した周藤が、いきなり対峙！ 政界、暴力団、半グレ……組織の垣根を超えた凶敵の正体とは？

原田ひ香
ランチ酒　今日もまんぷく

美味しい！が明日の元気になる。バツイチ・アラサー、「見守り屋」の犬森祥子に転機が!? 大ヒット！ 人間ドラマ×絶品グルメ小説第三弾。

香納諒一
新宿《しんじゅく》花園《はなぞの》裏《うら》交番　ナイトシフト

屋上の死体、ビル再開発と抗争、置き配窃盗、賭博に集う大物たち。緊急事態宣言下の新宿歌舞伎町、混沌とする夜は明けるのか!?

岡本さとる
茶漬け一膳　取次屋栄三《えいざ》　新装版

人の縁は、思わぬところで繋がっている。生き別れになった夫婦とその倅。家族三人の絆を取り戻すべく、栄三郎は秘策を練る。

門田泰明
蒼瞳《そうとう》の騎士《きし》（上）　浮世絵宗次日月抄

「兄ハ暗殺サレマシタ――」浮世絵師宗次、銀色の西洋刀操る謎の女性医師の跡を追う！
門田泰明時代劇場、「激動」の新章開幕！